Supervision éditoriale : Akata

Dépôt légal : février 2009. I.S.B.N. : 978-2-7560-1522-4
Première édition

Traduction : Mari Kuroda
Adaptation : Nathalie Bougon
Adaptation graphique : Karen Bellanger
Conception graphique : Trait pour Trait

Imprimé et relié en janvier 2009
sur les presses de l'imprimerie Aubin, à Ligugé.

www.akata.fr
www.editions-delcourt.fr

COMME ELLES

06

SAKURA FUJISUE

Sommaire

DANS LES VOLUMES PRÉCÉDENTS...

AMIES DEPUIS LEUR ENTRÉE AU LYCÉE, KANORI ET KAZUMI RENCONTRENT DEUX SÉDUISANTS GARÇONS, KÔTA ET ENA, LORS D'UNE SOIRÉE ORGANISÉE. LORSQUE KANORI SURPREND ENA EN GALANTE COMPAGNIE, ELLE TENTE DE METTRE EN GARDE SON AMIE, SANS SUCCÈS. CETTE DÉMARCHE SE RETOURNE MÊME CONTRE ELLE... AVEUGLÉE PAR SON AMOUR POUR ENA, KAZUMI REFUSE EN EFFET DE VOIR LE VRAI VISAGE DE CELUI-CI, MÊME LORSQU'IL LA PIÈGE EN PERMETTANT À L'UN DE SES PROCHES D'ABUSER D'ELLE. DEPUIS, CE MAUVAIS SOUVENIR HANTE LA JEUNE FILLE. KANORI, AYANT DÉCOUVERT QU'ENA ÉTAIT EN PARTIE RESPONSABLE DE CE DRAME, EN PARLE À KÔTA, QUI AVOUE ÊTRE DÉJÀ AU COURANT. DÉÇUE PAR L'ATTITUDE DE SON PETIT AMI, KANORI PREND SES DISTANCES. DE SON CÔTÉ, ENA REPROCHE À KAZUMI D'AVOIR REVU SON AGRESSEUR...

♥

Tous les détails dans les volumes précédents !!

JE VAIS OUVRIR LES YEUX ...
SUR UNE JOURNÉE COMME LES AUTRES
JE LIRAI UN MAIL ENVOYÉ PAR MON PETIT AMI ...
PENDANT QUE MA MÈRE PRÉPARERA LE PETIT-DÉJEUNER
ENFIN, MON PÈRE DÉBOULERA DANS LA CUISINE EN NOUANT NERVEUSEMENT SA CRAVATE

COMME ELLES
Scene twenty - From time to time -

TU PENSES QUE TOUT EST DE MA FAUTE ?!
NON, KÔTA. EN VÉRITÉ ...
CE N'EST LA FAUTE DE PERSONNE
SI SEULEMENT J'AVAIS PU ÉVITER QU'ON EN ARRIVE LÀ ...
MAINTENANT, C'EST TROP TARD
LE MAL EST FAIT

POURTANT, SI JE POUVAIS ...
TROUVER LES MOTS JUSTES ...
DRIING
...
DRIING
DRIING
JE PLEURE ? J'IGNORAIS ...
QU'ON POUVAIT VERSER AUTANT DE LARMES ...
DRIING
DRIING
DANS SON SOMMEIL
DRII
TIC

...
TCHAC
NON, C'EST TROP TÔT
J'AI BESOIN DE PRENDRE DU RECUL, OU JE RISQUE ENCORE DE M'ÉNERVER
JE NE COMPRENDS PAS CE QUE TU ATTENDS DE MOI !
PARLE-MOI !!
DIRE QUE CE N'ÉTAIT QU'HIER, ET POURTANT ÇA ME PARAÎT SI LOIN !
TOUJOURS AUCUN MAIL DE LUI
TCHAC
C'EST À MOI DE L'APPELER OU PAS ?
TCHAC
TOC
TOC

MAMAN ?
CLAC
TU DORS ENCORE ?
SHAF
AH ! C'EST TOI, MA CHÉRIE ? QUELLE HEURE EST-IL ?
SEPT HEURES PASSÉES
OUH LÀ ! C'EST À CAUSE DE CE MAL DE CRÂNE… ON DIRAIT QU'IL M'A CLOUÉE AU LIT !
JE ME LÈVE ET JE PRÉPARE TON PETIT-DÉJEUNER
NON, RESTE COUCHÉE
JE VAIS GRIGNOTER QUELQUE CHOSE
DÉSOLÉE… QUELLE MAMAN JE FAIS !
DÉCIDÉMENT…
ELLE N'A PAS L'AIR DANS SON ASSIETTE, CES DERNIERS TEMPS
TOC TOC
CLOC

Zut, je l'ai crevé ... et un bout de coquille est tombé ...
Tant pis
VLUP
FRISH
OUYAH !
OUF ! EH BÉ !
AU MOINS, C'EST PRÉSENTABLE ...
Euh, j'exagère pas un peu, là ?
FFH FFH !
MMM ! ÇA SENT BON !
MADAME EST SERVIE !
PAIN OU CÉRÉALES ?
PLUTÔT DU PAIN, S'IL TE PLAÎT
ÇA VA ? TU NE VOULAIS PAS FAIRE LA GRASSE MAT' ?
NON ...
TU SAIS, JE ME SENS BIEN MIEUX. ET PUIS, J'AI DU MAL À RESTER SANS RIEN FAIRE
Ne t'inquiète pas
BLONC
ALLEZ, BON APPÉTIT !
M'MAN, JE VOULAIS TE DEMANDER ...

OUI ?
"QUAND PAPA REPASSE-T-IL À LA MAISON" ?
NON, RIEN
AH BON ? COMME TU VEUX
DIS, C'EST DÉLICIEUX !
MMM
JE SUPPOSE QUE CHAQUE FAMILLE A SES SUJETS TABOUS ...
BAH, J'AI JUSTE UTILISÉ LA POÊLE, C'EST TOUT
JE T'ASSURE, C'EST TRÈS RÉUSSI !
CRONCH CRONCH
ARRÊTE, M'MAN ...
POURQUOI ? C'EST BIEN DE FAIRE DES PROGRÈS !
TU MÉRITES D'ÊTRE ENCOURAGÉE !
T'en fais trop, là
'GARDE, MAMAN !
NOM KANORI SAKASHITA
JE SAIS ÉCRIRE MON NOM !
MAMAN !
JE CONNAIS TOUTES MES TABLES DE MULTIPLICATION ! ÉCOUTE !
MAMAAAN ! MAMAAAN !!

C'EST BIEN, MA CHÉRIE !
TU AS ENCORE APPRIS UNE NOUVELLE CHOSE !
PETITE FILLE, TU ÉTAIS TRÈS HABILE DE TES MAINS
EN T'ENTRAÎNANT UN PEU, JE SUIS SÛRE QUE TU DEVIENDRAS UN VRAI CORDON-BLEU
J'AI L'IMPRESSION QU'ELLE ME VOIT TOUJOURS...
COMME LA FILLETTE D'AUTREFOIS
C'EST SÛREMENT ÇA, LES RELATIONS MÈRE-FILLE...
MAIS J'AVOUE QUE ÇA ME PÈSE UN PEU, PARFOIS

2nde 2
HEL…
…LO-OOOOO !
EUH …
C'EST QUOI, CETTE TRONCHE ?
AÏE
SA… SALUT, YANAGI
J'AI VRAIMENT UNE SALE TÊTE ?
Ça se voit tant que ça ?
DIS-MOI …
Ça craint …
TU T'ES DISPUTÉE AVEC KÔTA ?
HEIN ? MAIS QU'EST-CE QUI TE FAIT CROIRE ÇA ?
BLUSH
BLUSH
C'est écrit sur mon visage ?
C'EST LOGIQUE, VU TON AIR DE CHIEN BATTU
ÉCOUTE, DÉSOLÉE DE T'AVOIR EMBÊTÉE
SI TU NE VEUX PAS EN PARLER, PAS DE PROBLÈME, JE COMPRENDS
UNE FOIS DE PLUS, J'APPRÉCIE SA FRANCHISE. AVEC ELLE, PAS DE CURIOSITÉ MAL PLACÉE NI D'HYPOCRISIE

JE CROIS QUE JE DEVRAIS LUI FAIRE CONFIANCE
EH BIEN ...
EN FAIT, HIER ...
MAIS ... BON DIEU ! QU'EST-CE QUE TU VEUX QUE JE FASSE ?!
SALUT LES FILLES !
ÇA ROULE ?
OUAIP !
EH, KANORI, MERCI POUR HIER !
C'EST VRAI, J'AI OUBLIÉ DE TE DIRE ! LES GARÇONS ÉTAIENT TOUS HYPER-COOL, ON A MÊME PRÉVU DE SE REVOIR UN DE CES QUATRE
SURTOUT LE MEC QUI CHANTAIT GRAVE BIEN, IL S'APPELLE COMMENT DÉJÀ ?
OUIII !
TU PARLES DE SAKURAI ?
OUI, C'EST ÇA !
IL ÉTAIT TROP DRÔLE ! ON S'EST VRAIMENT ÉCLATÉES !
OUPS, JE VOUS AI INTERROMPUES, PEUT-ÊTRE ?
Désolée ! Faites comme si j'étais pas là
AH ... BEN, EUH ...
Hum ...
EN FAIT, J'AI FAIT UN RÊVE SUPER TRISTE ET ...
AH BON ? ET IL SE PASSAIT QUOI ?
Raconte !
JE NE ME SOUVIENS PAS DE TOUT, MAIS ...
COMMENT EXPLIQUER ? ÇA M'A LAISSÉ UNE DRÔLE D'IMPRESSION, MÊME UNE FOIS RÉVEILLÉE ... COMME DE LA NOSTALGIE
AH, JE VOIS CE QUE TU VEUX DIRE !
TU NE SAIS PAS VRAIMENT POURQUOI, MAIS TU TE SENS TOUTE MÉLANCOLIQUE, C'EST ÇA ?
OUI, TOUT À FAIT
AH LÀ LÀAA ...
BON, CHÈRES AMIES, POUR SOUTENIR CETTE PAUVRE ÂME EN PEINE ...

JE VOUS OFFRE UN TICKET GRATOS POUR UN BUFFET DE GÂTEAUX !!
TA—DAM
Ça vous donnera des forces pour la journée !
OH, MERCI, YANAGIII !!
TU ES TROP BONNE !
DRIIIING
DRIIIING
ÇA SONNE DÉJÀ ?
DIS, T'AS RÉVISÉ POUR L'EXAM ?
NAN, JE VAIS IMPRO-VISER
MOI AUSSI
JE N'AI PAS RÉUS-SI À ME CONFIER, COMME D'HAB
TIENS, SAKAGAMI EST ABSENTE
DRIIING
DRIIING

ACCES INTERDIT AUX PERSONNES NON AUTORISÉES
DRIIIING
DRIIIING
KAJIKAWA ...
KA...
NON !
ARRÊTE !!
IL FAUT QU'ON AILLE EN COURS !
POUSH

ALLEZ !
CE SERAIT BÊTE D'ÊTRE EN RETARD, NON ?
EUH ... OUAIS
HUM
O.K., ON BOUGE
JE TE SUIS
OOOH ...
C'ÉTAIT TOUT DOUDOU
AHHH
ATCHOUM

AH !
ÇA VA ? T'AS PRIS FROID ?
FROSH
NON, GRÂCE À KAIRO* !
HOP
* POCHETTE CHAUFFANTE À PLACER CONTRE LA PEAU.
HI HI
GNIII !
KAJIKAWA ?
ON VA ÊTRE À LA BOURRE !
TROP MIMI !!!
OUPS, T'AS RAISON
'FAUT QU'ON SE MAGNE
Désolé, j'avais oublié
Quelques nouvelles fraîches...
Figurez-vous que j'ai acheté une machine à coudre
Ça remonte à plusieurs mois déjà, mais je ne l'ai sortie de son carton d'emballage que récemment
Oh, il est encore là ...
Bon-jour !
CARTON
Mon assistante était très gênée par ce spectacle déplorable
Ça faisait longtemps que je n'avais pas été assise devant une machine à coudre (depuis le lycée, je pense).
En dou-ceur
SHAC SHAC SHAC SHAC
J'ai commencé par un torchon ...
TIC TIC TIC TIC TIC
Mon pre-mier essai
À mon avis, arriver à un résultat convenable va me prendre du temps...
...

TCHAC
ACCÈS INTERDIT AUX PERSONNES NON AUTORISÉES
DIS, J'AI-MERAIS TE POSER UNE QUESTION
HM ?
COMMENT AS-TU EU CETTE CLÉ ?
GLOURS
HEIN ?
JE CROYAIS QU'ON N'AVAIT PAS LE DROIT DE MONTER SUR LE TOIT ...
EUH ...
BEN ...
TU PARLES BIEN DE CETTE CLÉ ?
OUAIS, C'EST POUR TOI ... GARDE-LA BIEN ...
ET N'EN PARLE À PER-SONNE !
(CF VOLUME 3

JE ... JE L'AI TROUVÉE PAR TERRE
ALORS, JE L'AI RAMASSÉE
VOILÀ, QUOI
AH, O.K.
J'AI UNE IDÉE ! SI ON EN FAISAIT UN DOUBLE ?
COMME ÇA, J'AURAIS LA MIENNE !
HEIN ?!
MAIS ... POURQUOI T'EN AURAIS BESOIN ?
BEN, ON AURAIT CHACUN NOTRE CLÉ ! HUM, TU N'AS PAS ...
L'AIR TRÈS CHAUD
EUH ... NON, C'EST PAS ÇA
BOUDE
DÉSOLÉ, MAIS CETTE CLÉ EST LE LIEN SECRET QUI M'UNIT À SAKAGAMI
DE TOUTE FAÇON, ON VIENT TOUJOURS ICI ENSEMBLE. À MOINS QUE ...
TU VEUILLES MONTER AVEC QUELQU'UN D'AUTRE ?
ALORS, JE LA GARDE, O.K. ?
POF
DRIIING
IL SERAIT DU GENRE JALOUX, LUI ?
MERDE, LE COURS COMMENCE !
DRIIING

ON SE RETROUVE AU CLUB ? BON, À PLUS !
IL EST SI TENDRE, AVEC MOI ...
MAIS JE N'AIME PAS TROP QU'ON SE RETROUVE TOUS LES DEUX LÀ-HAUT, SUR LE TOIT
CE N'EST PAS QUE J'AI ENVIE QU'IL ME PELOTE DEVANT TOUT LE MONDE, MAIS ...
Ceci dit, ça ne me déplairait pas !
Nan, je blague !
EN PUBLIC, IL EST BEAUCOUP PLUS FROID ...
COMME S'IL CRAIGNAIT D'ÊTRE SURPRIS PAR QUELQU'UN ...
...

DE QUOI TU TE PLAINS ?
IL N'EST PAS DÉMONSTRA-TIF, C'EST TOUT !
PEUT-ÊTRE, MAIS ...
IL NE M'A JAMAIS DIT "JE T'AIME", OU UN TRUC DU GENRE ...
ARRÊTE DE GEINDRE !
ON DIRAIT LE VILAIN PETIT CANARD ! COIN COIN COIN !!
AÏEUH !!
COMMENT AI-JE PU CROIRE ...
QUE J'AC-CEPTERAIS QU'IL EN AIME UNE AUTRE ?
À PRÉSENT ...
ÇA ME SEMBLE INSUP-PORTABLE
2nde 2
NAN ?!

SAKAGAMI N'EST TOUJOURS PAS REVENUE ?
EH BEN, JE SUIS DANS LA MOUISE !
JE LUI AVAIS PRÊTÉ MES NOTES
AH BON ? COMMENT TU VAS FAIRE ?
FRANCHEMENT, ELLE ABUSE, LÀ ! C'EST PAS TRÈS RESPONSABLE DE SA PART !
IL LUI EST PEUT-ÊTRE ARRIVÉ QUELQUE CHOSE ?
DÉJÀ TROIS JOURS QUE KÔTA ET MOI ...
MAIS TROIS JOURS, CE N'EST RIEN
POURTANT, ÇA ME SEMBLE UNE ÉTERNITÉ. ET LUI QUI N'APPELLE TOUJOURS PAS ...
SSHAC

BON-JOUR
B'JOUR, M'DAME
BLAM
CLANG
CLONG
À QUOI IL JOUE, À LA FIN ?
FAIS PASSER !
ATTENDEZ AVANT DE REGARDER L'ÉNONCÉ
MERCI
QU'EST-CE QU'IL ATTEND, EXACTEMENT ?
ALLEZ-Y. VOUS AVEZ UNE HEURE
QUE JE L'APPELLE, MOI ? QUE JE PASSE CHEZ LUI ?
OU PEUT-ÊTRE QU'IL S'EN FICHE ...
SAKASHITA, TU AS UNE SECONDE ?

SI TU PASSES CHEZ SAKAGAMI, TU POURRAS LUI FILER CES PHOTOCOP' ?
MOI ?
POURQUOI TU ME DEMANDES ÇA ? DÉSOLÉE MAIS JE PEUX PAS !!
J'ÉTAIS JUSTE EN TRAIN DE RANGER LES MIENNES !
Elles étaient tombées par terre …
AH BON ? JE VOUS CROYAIS PROCHES, TOUTES LES DEUX
BREF, SI JAMAIS TU LA VOIS, TU POURRAS AUSSI RÉCUPÉRER MES NOTES DES DERNIERS COURS, S'IL TE PLAÎT ?
J'EN AI ABSOLUMENT BESOIN POUR DEMAIN
Je les lui avais prêtées
C'ÉTAIT DONC ÇA …
ET … UN DERNIER SERVICE
DIS-LUI DE MA PART QU'ELLE POURRAIT AU MOINS RÉPONDRE À MES MAILS, ÇA M'ÉVITERAIT DE M'INQUIÉTER
ÇA NE COÛTE RIEN. HONNÊTEMENT, ELLE SE COMPORTE COMME UNE GAMINE CAPRICIEUSE ET ÉGOÏSTE !
BON, MERCI D'AVANCE, SAKASHITA. JE COMPTE SUR TOI
Mais si tu ne vas pas la voir, oublie, O.K. ?
…

ELLE A BEAU CASSER DU SUCRE SUR LE DOS DE SAKAGAMI ...
MMH, JE COM-PRENDS
On y va ?
ON EST DONC AU MOINS DEUX, ICI, À PENSER À ELLE
EN RÉALITÉ, ELLE TIENT À ELLE
ÇA ME RASSURE
FINALEMENT ...
LES RE-LATIONS ENTRE AMIES ...

... SONT SOUVENT PLUS COMPLEXES QU'ELLES N'EN ONT L'AIR
CLAP
TIENS, KANORI ! BONJOUR
BONJOUR, MADAME
TU VIENS VOIR KAZUMI, J'IMAGINE ?
Je vais la chercher
EUH ... EN FAIT, JE LUI APPORTE DES PHOTOCOPIES. COMME ELLE EN AVAIT PLEIN SON CASIER, ÇA DÉBORDAIT ET ...
ÇA DÉBORDAIT ? VOUS EN AVEZ TANT QUE ÇA, EN UNE JOURNÉE ?
UNE JOURNÉE ? NON, ÇA FAIT TROIS JOURS QUE ...
PARDON ?!
TU VEUX DIRE QUE KAZUMI N'EST PAS ALLÉE AU LYCÉE DEPUIS TROIS J...

KA-ZUMI !!
ALORS COMME ÇA, TU SÈCHES LES COURS PENDANT QUE JE TRAVAILLE ?! MOI QUI TE FAISAIS CONFIANCE !!
EH BIEN, BRAVO !!
ELLE NE S'EN TIRERA PAS COMME ÇA ! EXCUSE-MOI, KANORI ...
MAIS JE SUIS DE SERVICE DE NUIT, IL FAUT QUE J'Y AILLE
D'ACCORD.
RESTE, SI TU VEUX. ET SI TU PEUX LUI PARLER ...
ELLE N'A PAS L'AIR DANS SON ASSIETTE, EN CE MOMENT
TU ES AU COURANT DE QUELQUE CHOSE ?
OUH LÀ, TERRAIN MINÉ !
EUH ... NON, DÉSOLÉE
AH BON ... JE FILE. BONNE SOIRÉE !
VOUS AUSSI, MADAME
ELLE NE VA PAS BIEN ...
EUH ... C'EST MOI, KANORI

...
SAKA-GAMI ?
TOC TOC
TU M'EN-TENDS ?
JE PEUX ENTRER ?
CLAC
JE ... JE DÉ-POSE ...
TES PHOTOCOP' SUR LE BUREAU, D'ACCORD ?
HUM ...
AH

SAKAGAMI
IL S'EST PASSÉ ...
QUELQUE CHOSE ?
...
TU T'ES DISPUTÉE AVEC KÔTA ?
DÉSOLÉE DE T'AVOIR EMBÊTÉE. SI TU NE VEUX PAS EN PARLER, PAS DE PROBLÈME, JE COMPRENDS
TU SAIS, SI TU NE VEUX PAS PARLER DE CE QUI T'ARRIVE, CE N'EST PAS GRAVE
YANAGI, QU'EST-CE QUE TU DIRAIS ...
SI TU ÉTAIS À MA PLACE ?
PAR CONTRE ...

SI TU AS ENVIE DE DISCUTER ...
JE SUIS LÀ ET ... JE PEUX T'ÉCOUTER
SILENCE...
BONSOIR LE FLOP ...
BON, J'Y VAIS
LES PHOTOCOP' SONT SUR TON BUREAU, O.K. ?
À PLUS ...

CLAC
CLAC
ATTENDS !
MERCI ...
D'ÊTRE VENUE ME VOIR

JE ME SOUVIENS QU'ELLE N'AVAIT PAS PLEURÉ APRÈS SON AGRESSION
EUH... DE RIEN
MAIS JUSTEMENT...
ÇA NE VA PAS ?
PEUT-ÊTRE QU'ELLE N'Y ARRIVE PAS
SI JE NE PARLE PAS...
TU VAS REPARTIR, N'EST-CE PAS ?
...
NON, JE PEUX RESTER, SI TU PRÉFÈRES
FHH
JE...
JE NE VEUX PAS ÊTRE TOUTE SEU...
BEEURK
?!
MINCE ! TU N'ES PAS ENCEINTE, TOUT DE M...
NON... J'AI MES RÈGLES
OUF !!
HEUREUSEMENT ! SINON, C'ÉTAIT LA TOTALE !!

SI TU TE SENS MAL, DORS UN PEU
JE RESTE AVEC TOI
SAKAGAMI
TU VEUX DE L'EAU ?
Moi, j'ai soif
JE VAIS EN CHERCHER
JE T'EN SERS UN VERRE ?
CLAP

PUTAIN, T'ES TROP FORTE !
ET MOI, JE SUIS VRAIMENT LE DERNIER DES CONS !
CLAC
SAKAGAMI
J'AI TROUVÉ UNE BOUTEILLE D'EAU SUR LA TABLE, JE PEUX LA PRENDRE ?
Ahh
FFH ...
SAKAGAMI ?!
OHHH ...
OO-OUH ...
Snif

JE ... JE N'EN PEUX PLUUUS !
DE QUOI ?
ENA ... IL M'EN VEUT À MORT !
PARCE QUE ... J'AI REVU MIYATA !
JE NE SAIS PLUS ... QUOI FAIRE ...
JE ... J'EN AI AS-SEEEZ !
BOU-OUH !
MAIN-TENANT ...
IL ME ... ME DÉTESTE ...
BON SANG ...
Snif

ENCORE CE SALAUD D'ENA ?!
JE DOIS TROUVER... QUELQUE CHOSE... POUR QU'IL ME PARDONNE...
ÉCOUTE-MOI, S'IL TE PLAÎT !
TANT PIS SI TU NE ME CROIS PAS, MAIS...
JE L'AI SURPRIS AVEC UNE AUTRE FILLE ! ET PAS QU'UNE FOIS !
JE L'AI AU MOINS VU À TROIS REPRISES AVEC UNE NANA DIFFÉRENTE !
CE TYPE EST UN COUREUR, TU COMPRENDS ?!
ALORS, IL N'A AUCUN DROIT DE TE FAIRE LA MORALE !!
ET TU N'AS RIEN FAIT DE MAL ! AU CONTRAIRE, C'EST LUI QUI TE FAIT SOUFFRIR !!
POURQUOI TU NE LUI PARLES PAS FRANCHEMENT ?!

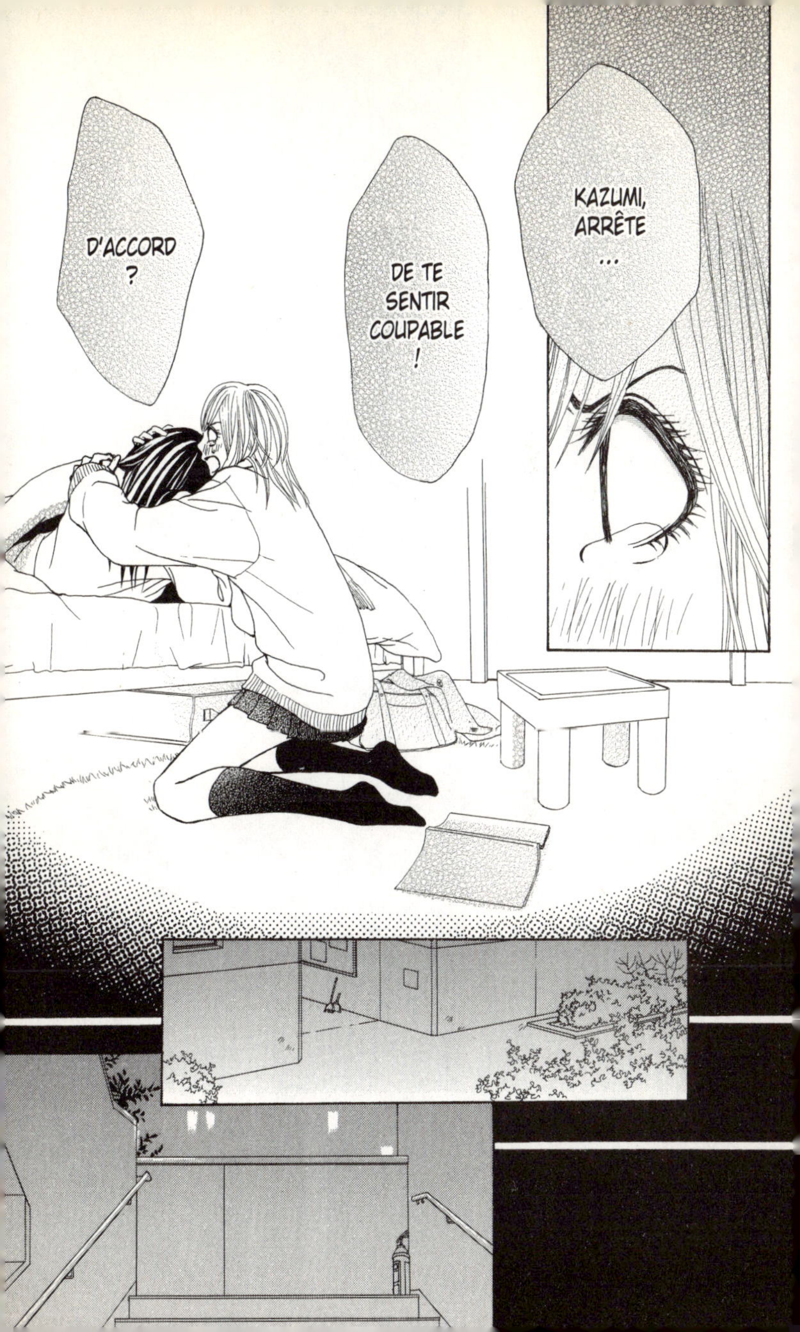
KAZUMI, ARRÊTE ...
DE TE SENTIR COUPABLE !
D'ACCORD ?

ON SE VOIT ...
DEMAIN, AU LYCÉE ? SI TU TE SENS MIEUX, BIEN SÛR
CETTE NUIT-LÀ ...
J'AI FAIT UN RÊVE MERVEIL-LEUX
COMME TOUJOURS, AU RÉVEIL, J'AVAIS OUBLIÉ DE QUOI IL S'AGISSAIT, MAIS ...
JE ME SENTAIS VRAIMENT RADIEUSE
MALHEU-REUSEMENT ...
NON ...

TOU-JOURS RIEN
TCHAC
LA RÉALITÉ M'A VITE RATTRAPÉE
Hello !
Ça va ?
SA-LUUUT !
AH, SALUT !
J'AI DEMANDÉ AUX AUTRES SI ELLES PRÉFÉRAIENT AUJOURD'HUI OU DEMAIN
ET TOI, QU'EST-CE QUI T'ARRANGE ?
Pour les gâteaux
ÇA M'EST ÉGAL, JE N'AI RIEN DE PRÉVU
ALORS VA POUR AUJOUR-D'HUI !
OUAIP
AH !

SAKA-GAMI ... SALUT !
ÇA VA ?
OUI, OUI, MERCI
DRIIIING
TU VAS OÙ, YADA ?
JE VAIS RETROU-VER QUI-TU-SAIS ♥
DRIIIING
Ces jeunes !
ACCÈS INTERDIT AUX PERSONNES NON AUTORISÉES
SLIC
ENA ...
SHACSSS

QU'ATTENDS-TU DE MOI ? QUE JE T'APPELLE ?
SI TU SAVAIS ... CES JOURNÉES SANS TOI ...
ME SEMBLENT SI LONGUES, SI TRISTES, SI VIDES DE SENS ... TU ME MANQUES TELLEMENT

COMME ELLES
Scene twenty-one - Shift -

CE QUI NOUS ARRIVE N'EST SANS DOUTE LA FAUTE DE PERSONNE ...
MOI Y COMPRIS
FINALEMENT, MIEUX VAUT TOURNER LA PAGE ET ALLER DE L'AVANT

STOP
MAIS S'IL ME DÉTESTE ...

SI LUI NE POUVAIT PAS OUBLIER ?
EST-CE QU'IL VEUT ROMPRE ? SI C'EST LE CAS ...
JE PRÉFÈRE NE PAS LE SAVOIR
SAKAGAMI ?!

OUH LÀ !
BO BOM
BO BOM
BO BOM
BO BOM
ON SE CALME !!
Bon dieu, dans quel pétrin je me suis fourré ?!
ZIUP
ACCÈS INTERDIT AUX PERSONNES NON AUTORISÉES

SAP
JE NE SUIS PAS SEULE ?
GLOUPS

DÉSO-LÉE
J'IGNO-RAIS QU'IL Y AVAIT ...
DÉJÀ QUEL-QU'UN
JE ...
TOC TOC
IL N'EST PAS LÀ ?
ET MERDE !
TOC TOC
TOC TOC
TOC TOC
MAIS ...
CHUU-UUT !
S'IL TE PLAÎT, PAS UN BRUIT !

Tuu
Tuu
Tuu
TOC
TOC
TOC
IL N'EST PAS ... ENCORE ARRIVÉ ?
ACCÈS INTERDIT AUX PERSONNES NON AUTORISÉES
EUH ... TU PEUX ME LÂCHER ?
HEIN ? OUCH !
PARDON !
DÉSOLÉ !
SAP
MAIS TU ES ...
LE GARÇON DU CLUB DE BASKET
Tu fais aussi gardien, non ?
AH, TU M'AS RECONNU ?
Gardien ? De but ?
BVV
BVV
DRRRRRR
DRRRRRR

DRRRRRR
DRRRRRR
DRRRRRR
BIP
TIC
EXCUSE-MOI ...
JE N'AI PAS LA MÉMOIRE DES VISAGES. IL M'ARRIVE MÊME DE NE PAS RECONNAÎTRE ...
QUELQU'UN QUE JE VOIS TOUS LES JOURS, SI JE LE VOIS DANS UN ENDROIT INHABITUEL
MAIS MAINTENANT, ÇA ME REVIENT
Parfois, j'oublie aussi les noms ...
TRADUCTION : ELLE SE FICHE COMPLÈTEMENT DE MOI !
DE TOUTE FAÇON, ELLE EST CASÉE, ALORS ...
Tant pis
PFF

BOBOM
BON ...
IL FAUT QUE J'Y ...
AH !

BAM
NON !
SAKAGAMI, JE …
JE DOIS TE DIRE …
JE SUIS …
SUPER AMOUREUX DE T…
DIS …
JE DOIS PARTIR, LÀ
…
FIOOUH
LA VACHE, LE DÉLIRE !
TCHAC
EUH …
HEIN ?
OUI, DEUX SECONDES …
TU AS OUBLIÉ NOTR
RENDEZ-VOUS ?
JE RETOURNE EN CO
BYE

EUH, JE VOULAIS TE DIRE ...
OUF
...
J'AIME-RAIS BIEN ...
QU'ON SOIT POTES, TOUS LES DEUX ... T'ES D'ACCORD ?
IL VEUT DE-VENIR MON AMI ?
C'EST VRAI ?!
POUR-QUOI PAS ?
OUI
MOI, C'EST ...
TU ES EN TERMINALE ?
AU FAIT, JE M'APPELLE KAJIKAWA ET JE SUIS EN TERMINALE TROIS
SAKAGAMI, ET T'ES EN SECONDE DEUX, C'EST ÇA ?
MAIS ...
MÉFIANTE
EUH ... LAISSE TOMBER ! C'EST JUSTE QUE JE SUIS SUPER FORT POUR ME RAPPELER DES GENS
HUM, VOILÀ, QUOI

PARDON, J'AI CRU QUE ...
BAH, C'EST RIEN !
JE TE COM-PRENDS, HA HA HA ...
HUM HUM HUM HUM HUM
TU SAIS, C'EST LA PREMIÈRE FOIS QU'ON DISCUTE VRAIMENT
ÇA TE REND PAS NERVEUSE ? MOI, SI
Stop, tais-toi, andouille
...
TOILETTES DAMES
FLUSSH

J'IGNORE SI J'AI PERDU ENA, MAIS ...
EN TOUT CAS ...
J'AI GAGNÉ UN AMI
ALORS, KANORI ?

TU PASSES NOËL AVEC KÔTA, J'IMAGINE ?
HEIN ?
C'EST DONC VRAI ? NOËL SE FÊTE EN AMOUREUX ?
GLOUPS...
BEN OUI, PETITE NAÏVE ♥
VOUS FAITES QUOI ? RESTO ? CINÉ ?
EUH, ON N'EN A PAS DISCUTÉ
FORCÉMENT, COMME JE SUIS SANS NOUVELLES DE LUI ...
AH BON ?
C'est dommage
NOUS, ON A PRÉVU UNE FÊTE AVEC LES GARÇONS
On va revoir ce cher Sakurai !
OUIII ! QUEL BONHEUR !
DIS DONC, VOUS ÊTES DEVENUS PROCHES
Ça a l'air sympa
OUI, ENFIN
C'EST SURTOUT MORI ET SAKURAI, SI TU VOIS CE QUE JE VEUX DIRE
Elle me soûle avec lui !

C'EST VRAI ?! COMME C'EST MIGNON !!
JE FONDS !
C'EST GRÂCE À TOI, KANORI ! MERCI !
BAH, DE RIEN !
Mais t'avais pas un copain ?
Si, mais c'était y a un siècle
AU FAIT, ON A PRÉVU QUOI, POUR LA FÊTE ?
OUF
HM ?
HEIN ?
EUH ... C'EST-À-DIRE ...
MAIS JE CROYAIS QUE KÔTA T'AVAIS MISE AU COURANT
Ben, des petits cadeaux ...
T'es sé-rieuse ?!
Ouah, super original !!

LES FILLES ...
JE VOUS LAISSE, À PLUS
SAKAGAMI ...
BLONK
ÇA VA ?
OUI, POURQUOI ?
TOP TOP
BEN, TU N'ÉTAIS PAS TRÈS EN FORME HIER
MMH
ÇA VA MIEUX
O.K.
...
TROUVER LES MOTS JUSTES ...

JE MANQUE ENCORE DE PRATIQUE
MOUAIS, PAS TERRIBLE
TU PEUX MIEUX FAIRE, KANORI
POURTANT, J'AI ESSAYÉ DE LE CACHER
AH, JUSTEMENT...
ILS SONT VACHEMENT MIEUX QU'HIER ! C'EST DINGUE, ÇA NE SE VOIT PRESQUE PLUS
TES YEUX...
ILS SONT MOINS GONFLÉS, JE TROUVE
ÇA SE VOIT ENCORE ?
C'ÉTAIT À CE POINT-LÀ ?
À FORCE D'ÊTRE MALADROITE, J'AI FINI PAR ME RENDRE COMPTE...
OUI, MAIS LÀ, C'EST FINI !
QU'UNE FOIS QU'UN MOT NOUS A ÉCHAPPÉ...
IL EST IMPOSSIBLE DE REVENIR EN ARRIÈRE. ÇA PEUT SEMBLER ÉVIDENT...
MAIS CE N'EST PAS SI FACILE À APPLIQUER DANS LA VIE DE TOUS LES JOURS
ÇA VA PAS ?
HM ?
SI, SI

Quelques nouvelles fraîches 2...

Mon cousin anime des shows avec des otaries.

← Mon cousin (On pourrait confondre !)

La dernière fois que je l'ai vu, il était encore au lycée. À présent, le voilà devenu un charmant jeune homme !

Accessoires lancés dans les airs et embruns sous le soleil.

Quelle allure il a, lorsqu'il joue avec les animaux ! Ce sourire généreux, cette joie qu'il apporte aux spectateurs... C'est formidable ! Ça m'a donné envie de faire de mon mieux, de mon côté, dans mon métier.

Pour commencer, il faudrait que je devienne un peu plus forte physiquement... Hum, ce n'est pas la première fois que j'en parle, mais bon...

BEN
ÇA SE PASSE PLUTÔT BIEN
OH OOOOH ♥
MAIS GARDE-LE POUR TOI, D'ACCORD ?
BAH, ÉVIDEMMENT !
DIS, KAJIKAWA...
C'EST PAS GÊNANT POUR TOI ET LES AUTRES DE PASSER DU TEMPS ICI, PLUTÔT QUE DE RÉVISER POUR LA FAC ?
BLAM
COMMENT ÇA ?
AH, SI ON VOUS EMBÊTE, NOUS LES VIEUX, HÉSITEZ PAS À LE DIRE
NON, NON, C'EST PAS ÇA !
EN FAIT, J'AI DÉJÀ ÉTÉ ADMIS EN FAC. ALORS EN ATTENDANT, JE ME BOUGE, QUOI
Histoire de pas rouiller
TROP COOL !
En février
Le bol qu'il a !
PUTAIN, ÇA A L'AIR TRANQUILLE, SA FAC ! IL Y VA QUAND ?

SAKAGAMI !
SALUT ! TU RENTRES CHEZ TOI ?
AH ...
OUI, ÇA Y EST !
BON, À PLUS
OUAIS, BYE !
SAP
C'EST MOI
EUH ...
TU ME RECONNAIS ?

EH BEN, KAZU ...
ÇA FAIT DES PLOMBES QUE JE T'ATTENDS !

TIC
TIC
TIC
TIC
TIC
TU ME MANQUES
ON SE VOIT QUAND ?
EN COURS
TIC
EFFECTUÉ

Nan, pas question !
RHAAAA
Sérieux ?
HA HA HA HA HA
On va où ?
JE T'AIME
EFFECTUÉ
JE TE DEMANDE PARDON
EFFECTUÉ
PARDON

OUF ! ON S'EST BIEN DÉFOULÉS !
PUTAIN, JE CRÈVE LA DALLE !
ON VA BOUFFER OÙ ?
Moi aussi, mec !
LES GARS, MOI, JE SUIS FAUCHÉ
M'sieu ! Vous voulez pas nous inviter ?
TU LE TIENS ? ALLEZ, ON LE MET AU FOND
HOP !
BLANG
OUH LÀ !
TU VEUX DE L'AIDE ?
AH ! EUH ...

C'EST GENTIL, MAIS ON DEVRAIT S'EN SORTIR TOUTES SEU...
MERCI, KAJIKAWA ! TU NOUS SAUVES LA VIE !
Moi, j'ai d'autres bricoles à m'occuper
SAP
HEIN ?
AAH !
LAISSE, JE M'EN OCCUPE
Je la retiens, celle-là !
HOP
ET VOILÀ !
POF
POF
BAM
LES GARS, NOUS LES FILLES, ON Y VA ! À PLUS !
ON A TOUT RANGÉ ?
OUI
JE TE REMERCIE

BEN ...
Y A PLUS PERSONNE ? ILS SE SONT ...
TOUS CASSÉS ?
ON DIRAIT BIEN ...
Les garces
ELLES AURAIENT PU ÉTEINDRE, TANT QU'À FAIRE ! ET LES PORTES ?
Les nanas du club font n'importe quoi !
JE VÉRIFIE QUE LES PORTES DE CE CÔTÉ SONT BIEN FERMÉES
Vite fait

Mmm
MERDE ...
HA HA HA !
ON PEUT PAS, PAS ICI
C'EST UN ENDROIT SACRÉ POUR NOUS, SPORTIFS !
Hum
PAS DE BOL
Un peu de respect, quoi
BON, JE ME CHARGE DE L'AUTRE CÔTÉ
CHOP

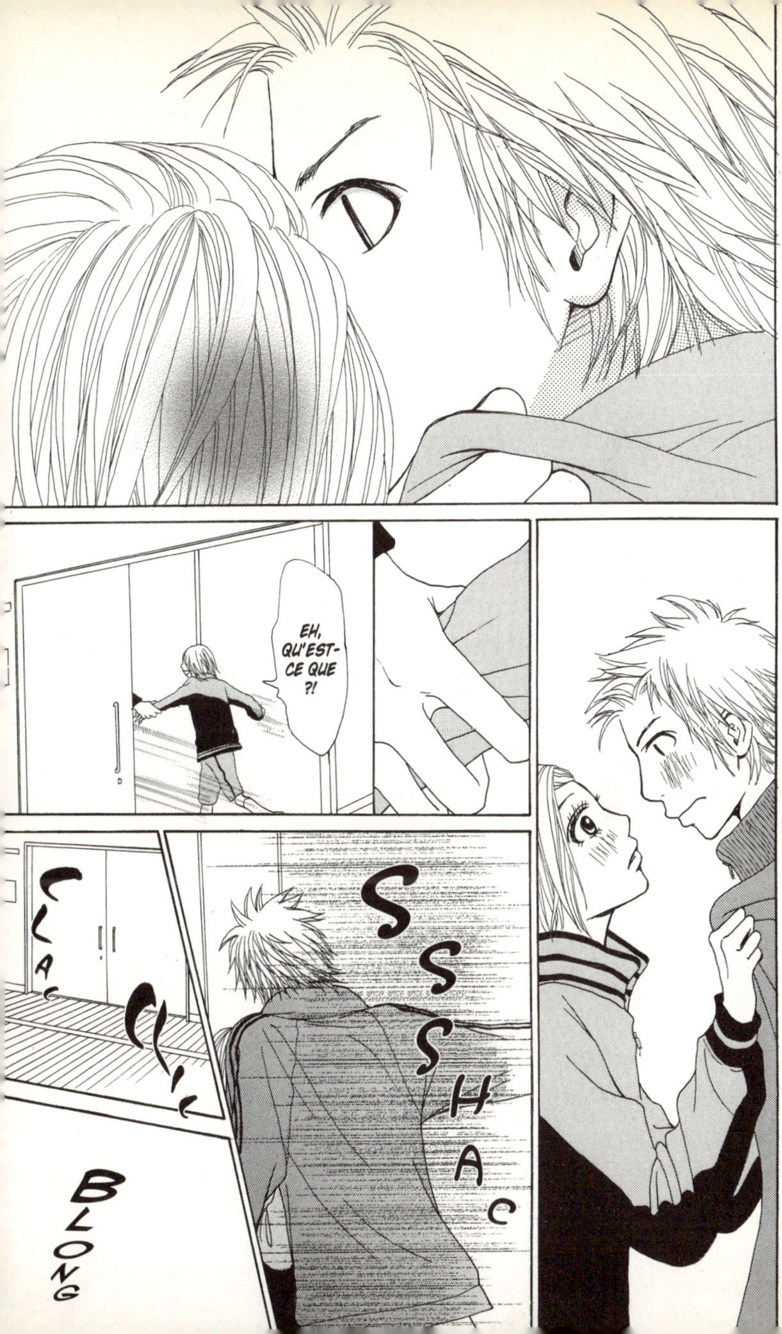

EH, QU'EST-CE QUE ?!
SSSHAC
CLAC CLIC
BLONG

TU ... M'ÉTOUFFES ...
NON ...
SHAF
FOOJH
FFH
HAA

JE ...
EXCUSE-MOI !
ÉCOUTE
JE VEUX PAS ...
TE FORCER, O.K. ?
SI T'AS PAS ENVIE, BEN, ON PEUT ATTENDRE ...
JUSQU'À CE QUE TU SOIS PRÊTE ... ÇA ME GÊNE PAS
...
TU SAIS, CE N'EST PAS JUSTE UNE QUESTION D'ATTENDRE ...

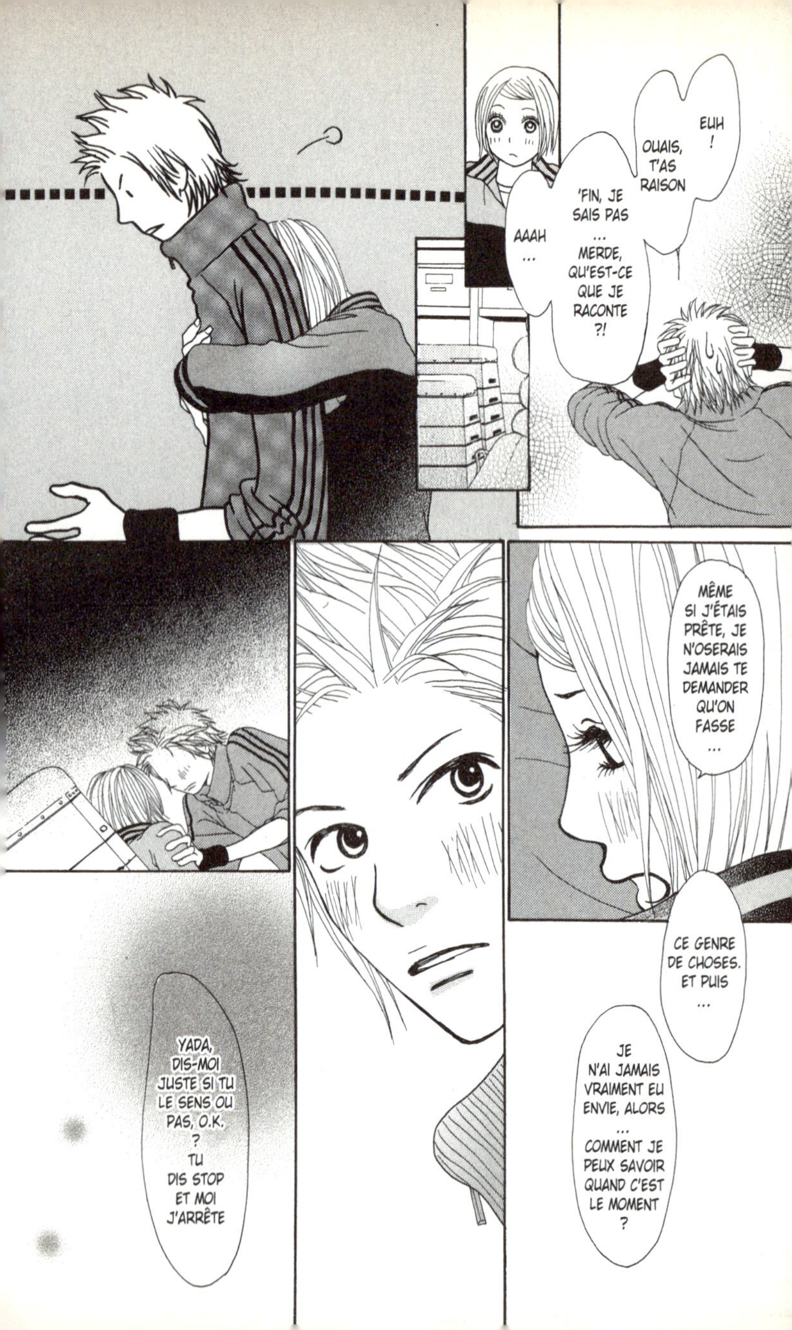
EUH !
OUAIS, T'AS RAISON
'FIN, JE SAIS PAS ... MERDE, QU'EST-CE QUE JE RACONTE ?!
AAAH ...
MÊME SI J'ÉTAIS PRÊTE, JE N'OSERAIS JAMAIS TE DEMANDER QU'ON FASSE ...
CE GENRE DE CHOSES. ET PUIS ...
JE N'AI JAMAIS VRAIMENT EU ENVIE, ALORS ... COMMENT JE PEUX SAVOIR QUAND C'EST LE MOMENT ?
YADA, DIS-MOI JUSTE SI TU LE SENS OU PAS, O.K. ? TU DIS STOP ET MOI J'ARRÊTE

EH MAIS ...
ET KAJIKAWA ?
EUH ...
JUSTEMENT, IL M'A ENVOYÉ UN MAIL ...
POUR DIRE QU'IL ÉTAIT DÉJÀ PARTI !
AH BON ?
J'avais pas remarqué ! Il s'est barré quand ?

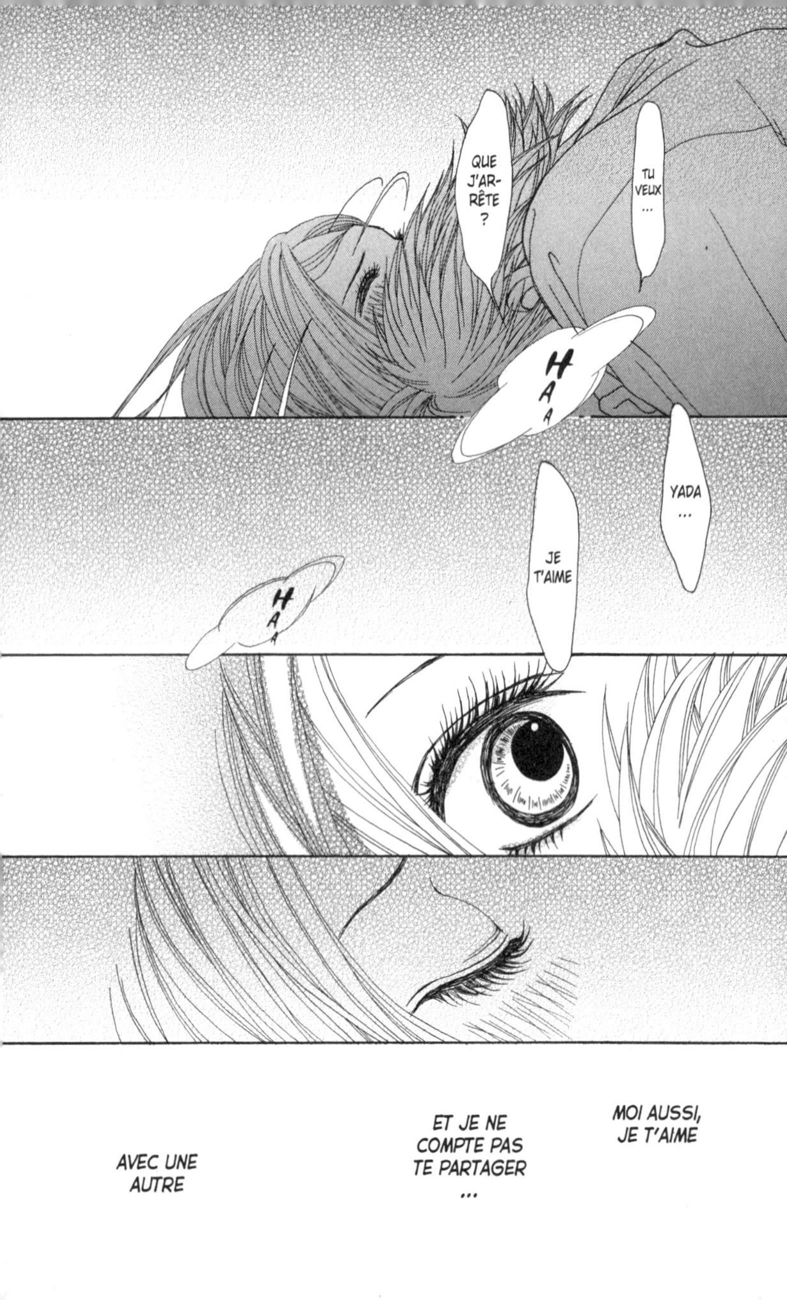
TU VEUX ...
QUE J'AR-RÊTE ?
HAAA
YADA ...
JE T'AIME
HAAA
MOI AUSSI, JE T'AIME
ET JE NE COMPTE PAS TE PARTAGER ...
AVEC UNE AUTRE

JE NE VAIS PAS TE DEMANDER DE M'AIMER POUR LA VIE. PAR CONTRE, À CET INSTANT, JE VEUX ÊTRE LA SEULE À OCCUPER TES PENSÉES

TU AS ENTENDU ? C'EST ATROCE !
IL SE PASSE… VRAIMENT DES CHOSES HORRIBLES, CES DERNIERS TEMPS
KANORI, J'AIMERAIS QUE TU FASSES TRÈS ATTENTION, D'ACCORD ?
AH, TU RETOURNES DANS TA CHAMBRE ?
OUI
LA JEUNE FILLE A ÉTÉ…
… DEPUIS, LA POLICE EST…
L'HOMME QUI VIENT D'ÊTRE ARRÊTÉ EST ÉTUDIANT…
ET SON COMPLICE DE DIX-NEUF ANS EST TOUJOURS EN FUITE

À PRÉSENT, PASSONS À LA MÉTÉO. QUE NOUS RÉSERVE LE TEMPS, DEMAIN ?
LE POINT, AVEC M. ADACHI
BONJOUR ...
DEMAIN MATIN, LE FROID SE MONTRERA PLUS VIF QU'AUJOURD'HUI. PRUDENCE, DONC, CAR LE RISQUE DE GEL EST ...
SALUT !
AH ... BONJOUR
TU N'AS PAS ENTRAÎNEMENT, CE MATIN ?
C'EST PAS OBLIGATOIRE, POUR LES TERMINALE

Ça va ?
Cou-cou
SALUT LES FILLES
HELLO !
TU AS …
ENTENDU LA NOUVELLE, AUX INFOS ?
ÉVIDEMMENT, LES ÉVÉNEMENTS RAPPORTÉS À LA TÉLÉVISION SONT BIEN RÉELS
MAIS TANT QU'ILS NE NOUS TOUCHENT PAS, ILS RESTENT ABSTRAITS ET LOINTAINS
JUSQU'À CE QU'IL NOUS RATTRAPENT …

COMME ELLES
Scene twenty-two - An Eve -

BIENTÔT LES VACANCES DE NOËL
TOUT LE MONDE SEMBLE S'EN RÉJOUIR ...
MALGRÉ L'ONDE DE CHOC QUI SE PROPAGE PEU À PEU
OUAIS, BEN ...

T'ES VRAIMENT SUPER SYMPA, COMME NANA
AH BON ?
TU TROU-VES ?
Ha ha ha
ET PUIS, T'ES MIGNONNE ET PETITE AUSSI, COMME J'AIME
AU FAIT ...
'FIN, CROIS PAS QUE JE VEUX TE DRAGUER MAIS ...
J'AI-MERAIS BIEN ...
POURQUOI JE DISCUTE AVEC LUI ?
AH, C'EST VRAI, J'AVAIS OUBLIÉ ...
ON EST "AMIS"
...
AVOIR TON NUMÉRO DE PORTABLE. OU TON E-MAIL ...
SI TU PRÉFÈRES
Miaou
C'EST O.K. POUR TOI ?
HM ?
OUI ?

C'EST VRAI ?!
GÉNIAL ! VAS-Y, JE T'ÉCOU...
TCHAC
EXCUSE-MOI, MAIS JE DOIS TE LAISSER
SAP
HEIN ?
D'ACCORD ... À PLUS, ALORS
SALUT !
AH, SALUT !
TIENS, QUAND ON PARLE DU LOUP ...
VOUS PARLIEZ DE MOI ?
SI ON VEUT
TU ÉTAIS BIEN AU COLLÈGE YAMANA, NON ?
IL PARAÎT QU'UNE ANCIENNE ÉLÈVE DE LÀ-BAS A ÉTÉ SALEMENT AGRESSÉE. LA TÉLÉ NE PARLE QUE DE ÇA
J'IMAGINE QUE TU EN SAIS PLUS QUE NOUS ?
Tu as dû te renseigner
QUOI ?

NON, JE ... JE N'ÉTAIS PAS AU COURANT
JE N'AI PAS TROP DE NOUVELLES DE MES COPINES DU COLLÈGE
AH BON ? QUAND MÊME, LA FILLE EST À L'HOSTO !
ET CE N'EST PAS FINI : LES FLICS ONT TROUVÉ MON NUMÉRO DE PORTABLE DANS LE RÉPERTOIRE DU SUSPECT ...
NAN ?! LA VACHE, LE FLIP !
...
ELLE ... A ÉTÉ GRAVEMENT BLESSÉE ?
JE CROIS QU'ON LUI A FAIT DE VRAIES SALOPERIES
ELLE, ELLE MÉRITE QU'ON LA PLAIGNE, NON ?
POURQUOI QUAND JE PARLE AVEC QUELQU'UN ...
JE ME SENS TOUJOURS DÉTACHÉE DU MONDE QUI M'ENTOURE ? C'EST COMME SI J'ÉTAIS DANS LES NUAGES ...
COMME SI JE PERDAIS PIED AVEC LA RÉALITÉ
J'AI APPRIS QUE ...

EH, LES FILLES !
LE MEC QU'ILS ONT ARRÊTÉ VIENT DE LA FAC AFFILIÉE AU LYCÉE DE KÔTA
NAN, C'EST VRAI ?
VOUS PARLEZ DE LA FILLE QUI A ÉTÉ AGRESSÉE ?
MOI, J'AI ENTENDU QUE LE TYPE N'ÉTAIT PAS DU COIN
ÇA M'ÉTON-NERAIT !
JE TIENS L'INFO DE MES POTES QUI VIENNENT DE CE MÊME LYCÉE. ET JE NE LES VOIS PAS SE VANTER DE CE GENRE DE TRUC !
YA-NAGI...
TU CONNAIS SON NOM ?!
NON, JE N'EN SAIS PAS PLUS
APRÈS, LE RESTE, CE NE SONT QUE DES RUMEURS
Tiens, mon cousin aussi vient de ce bahut !
De-mande-lui, alors

ET SI C'ÉTAIT ... MIYATA ?!
NON, IMPOSSIBLE !
REMARQUE, IL A LE NIVEAU !
MAIS MAINTENANT, JE VOIS BIEN QUE ÇA NOUS CONCERNE TOUTES
AVANT, JE NE PRÊTAIS PAS ATTENTION À CE GENRE DE NOUVELLES ...
ÇA PÈLE, AUJOURD'HUI. TU N'AS PAS FROID ?
QUOI ?
ATTENDS, J'AI DEUX KAIRO* SUR MOI
T'en veux un ?

* VOIR PAGE 19.

JE ... JE TREMBLE DE PEUR
BRR
BRR
BRR
BIEN ...
À LA FIN DU COURS ...
JE PENSE QUE CERTAINS D'ENTRE VOUS SONT AU COURANT
L'AUTRE JOUR ...
LA PROF NOUS A MIS EN GARDE CONTRE LES SOIRÉES ÉTUDIANTES. ON SENTAIT BIEN QU'ELLE ÉTAIT UN PEU GÊNÉE
ENFIN ...
ÉVITEZ DE RÉPONDRE AUX QUESTIONS DES JOURNALISTES
UNE FOIS SON DISCOURS TERMINÉ ...

JE ME SUIS DIT QU'ON ALLAIT TOUS DEVENIR PARANOS
LE CHEMIN QUE JE PRENDS POUR RENTRER CHEZ MOI APRÈS LE CLUB EST TOUT LE TEMPS DÉSERT. ÇA ME FOUT LES JETONS
JE CROIS QUE JE VAIS M'ACHETER UN BIPER
TIENS, IL Y A QUELQUE TEMPS, J'AI ENTENDU UN BRUIT BIZARRE
JE ME SUIS RENDU COMPTE QUE JUSTEMENT, C'ÉTAIT UNE ALARME ...
C'est pas un son très courant, non ?
AH BON ?
Alors ça sert à rien ?
PRÊTES POUR LA GYM, LES FILLES ?
TOUT LE MONDE M'A DONNÉ SES OBJETS DE VALEUR ? O.K., JE LES METS DANS LE COFFRE
2nde 2
C'ÉTAIT UN PEU LE CAS, MAIS EN MÊME TEMPS ...
NON, ATTENDS !
Bon, on se bouge ?
ZUT, J'AI OUBLIÉ DE GARDER DU FRIC POUR LE DÉJ
On passe à l'épicerie après ?
PERSONNE N'A SEMBLÉ VRAIMENT TOUCHÉ
J'EN REVIENS PAS D'AVOIR FOIRÉ LES CONTRÔLES CONTINUS
MOI PAREIL, C'EST LA CATA !
TU FAIS QUOI, POUR LES VACANCES ?
OUAH HA HA HA !
Oh là là
CHACUN EST PASSÉ TRÈS VITE À AUTRE CHOSE, COMME S'IL S'EN FICHAIT
IMPOSSIBLE DE SAVOIR CE QUE LES AUTRES RESSENTENT RÉELLEMENT
VESTIAIRES
ÇA VA ?

NE LAISSEZ AUCUN OBJET DE VALEUR
TU PARLES DE MES YEUX ? OUI, ILS ONT DÉGONFLÉ
QUOI ? AH ... OUI, C'EST VRAI
ON DIRAIT QUE TU ES PLUS EN FORME, AUSSI. C'EST BIEN, JE SUIS CONTENTE
ELLE AUSSI, CETTE NOUVELLE LA LAISSE FROIDE ?
KAZUMI ... ON Y VA ?
OUI
BON, À PLUS TARD
VOUS AVEZ PARLÉ DE QUOI ?
HM ? OH, DE RIEN
C'EST CURIEUX
VOYONS ?
JE NE ME SENS PLUS ÉTRANGÈRE À CE QUI M'ENTOURE

...
C'EST PEUT-ÊTRE LA PRÉSENCE DE KANORI QUI M'A RAMENÉE À LA RÉALITÉ ...
PRÊTE ?
OUAIP !
NE LAISSEZ AUCUN
TU TE SOUVIENS D'ELLE ? ELLE ÉTAIT ENTRÉE AU LYCÉE MINAMI
AT-TENDS, ELLE ÉTAIT COMMENT DÉJÀ ?
BAH, SUPER BANALE
FINALEMENT ...
L'ONDE DE CHOC ...
N'A PAS ATTEINT GRAND MONDE
DRIIIING

* QUARTIER COMMERCIAL DU CENTRE DE NAGOYA.

EN FAIT … J'AI UN PETIT TRUC À …
C'EST PLUTÔT QUE JE N'AI PAS ENVIE, MAIS BON … Pardon, les filles
ZUT, DOMMAGE
TCHAO, À DE-MAIN !
O.K., BYE !
TCHAC
TIC
SUPPRIMER ?
YES
NO
TCHAC
QUELLE GOURDE
Le même
TE PARLER, C'EST
…
JE DÉTESTE CETTE SITUATION !
KÔTA, S'IL TE PLAÎT …
APPELLE-MOI

C'EST MOI !
JE NE SAIS PAS, C'EST TROP TÔT
OUI ...
ENTENDU, J'Y RÉFLÉCHIS
M'MAN ? JE SUIS RENTRÉE
AH
ÇA VA, MA CHÉRIE ?
FSSH
GLARG GLARG GLARG
TU AS UNE MINUTE ?
HMGL ?

DIS-MOI, TU PASSES BIEN NOËL AVEC KÔTA ?
GLOUP
KOF KOF KOF
BEURK
OUI
ENFIN, JE CROIS
OUH LÀ ! TU T'ÉTRANGLES ?
DÉCIDÉMENT, IMPOSSIBLE D'Y ÉCHAPPER
DANS CE CAS...
JE PENSAIS EN PROFITER POUR SORTIR, MOI AUSSI. ÇA NE T'EMBÊTE PAS ?
Aah, ça me gonfle !
NON, POURQUOI ? PAPA AUSSI EST PRIS, J'IMAGINE
DE TOUTE FAÇON, IL NE SERA PAS LÀ, COMME D'HAB
MON PÈRE RENTRE SOUVENT TARD À LA MAISON ... QUAND IL RENTRE
CECI DIT...
BONSOIR !
AH, TE VOILÀ ENFIN !
JUSQU'ICI, IL FAISAIT L'EFFORT DE PASSER QUELQUES SOIRÉES EN FAMILLE, POUR FÊTER NOS ANNIVERSAIRES OU LE RÉVEILLON
TU ES SÛRE ?
J'AVOUE QUE J'HÉSITE, MAIS JE CROIS QUE ÇA ME CHANGERAIT LES IDÉES
MAIS OUI, M'MAN, FAIS ÇA

ÇA Y EST, ON TOURNE LA PAGE DES NOËL EN FAMILLE
C'EST TRISTE QUAND MÊME, NON ?
COMME SOUVENT À L'ÉCOUTER, JE ME SENS COUPABLE
POURQUOI ? JE NE SUIS POURTANT PAS RES-PONSABLE DU TEMPS QUI PASSE
POF
CLAP
APPEL YURIKA

DRRRR
TUU TUU TUU TUU TUU
KANORI ?
OUI, C'EST MOI
JE NE TE DÉRANGE PAS ? SI TU AS CINQ MINUTES, J'AIMERAIS TE PARLER DE QUELQUE CHOSE
DE QUOI S'AGIT-IL ?
D'UN SUJET À TENIR ÉLOIGNÉ DES OREILLES MASCULINES ?
EUH ... NON, PEU IMPORTE
EN FAIT, C'EST JUSTE UNE QUESTION QUE ...
ATTENDS ! AU FAIT ...
JE SUIS CHEZ KÔTA
SI TU ES LIBRE, REJOINS-NOUS
Elle peut venir ?
Oui, c'est Kanori
DANS CE CAS ...
ET ME VOILÀ PARTIE ... BAH, ON VERRA BIEN

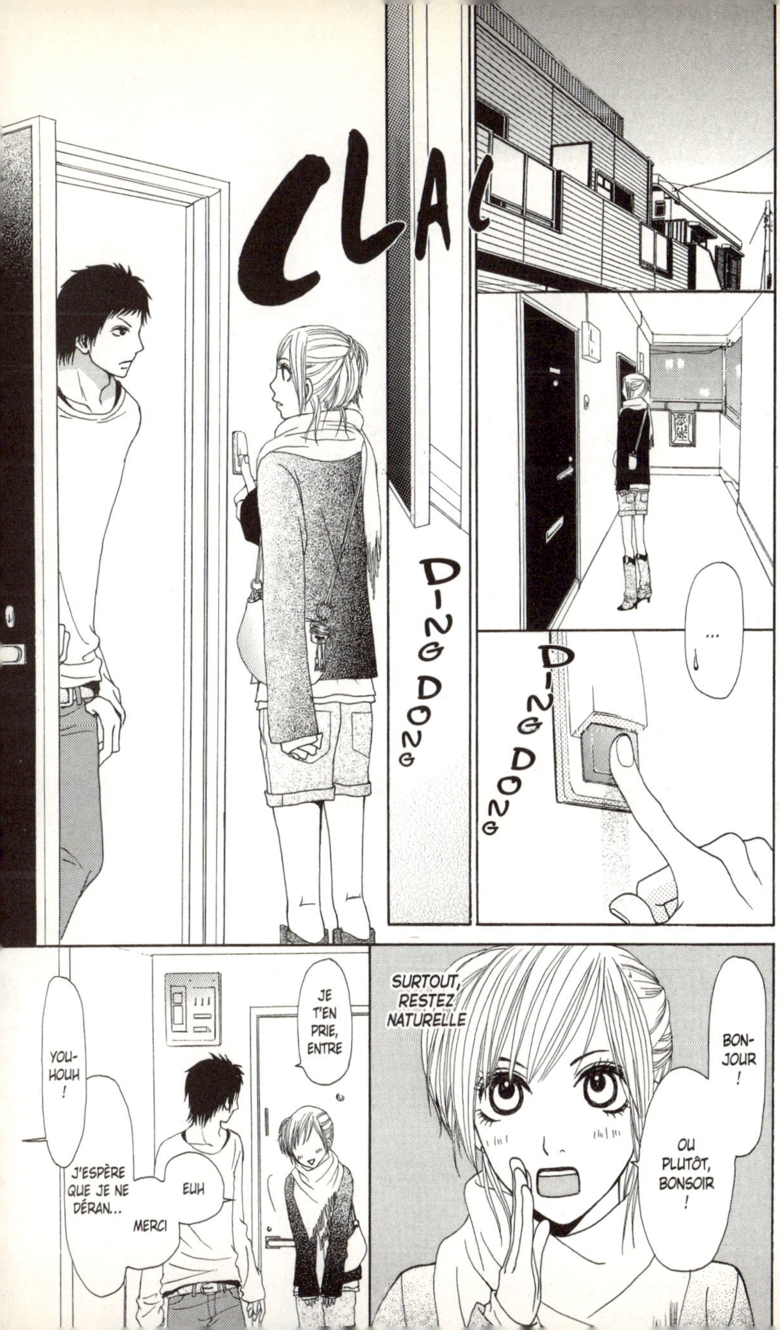
DING DONG
...
DING DONG
CLAC
SURTOUT, RESTEZ NATURELLE
BON-JOUR !
OU PLUTÔT, BONSOIR !
JE T'EN PRIE, ENTRE
YOU-HOUH !
EUH
MERCI
J'ESPÈRE QUE JE NE DÉRAN...

KANORIIII !! SALUT SALUUUUT !!
Youpi, une lycéenne !!
TU BOIS QUELQUE CHOSE ?
Déjà bourrés ?
JE VAIS ...
ALLER ME CHERCH...
NON, ASSIEDS-TOI. J'APPORTE DES BOISSONS ET TU CHOISIRAS
TU AS DÉJÀ DÎNÉ ?
NON, PAS ENCORE
Viens à côté de moi ♥
KÔTAAA ! UNE AUTRE ... PAIRE DE BAGUETTES, S'TE PLAÎT !!
TU PRÉFÈRES QUOI ?
EUH
CELLE-LÀ
O.K., JE PRENDS L'AUTRE
DÉSOLÉ, J'AI PLUS DE BAGUETTES. ON VA DEVOIR PARTAGER LES MIENNES
O.K.
YURIKA, TU VAS PAS À TON PETIT BOULOT, APRÈS ? TU DEVRAIS PAS AUTANT PICOLER
T'INQUIÈTE, JE GÈRE !
Tu sais, on est plus le même, une fois ivre ...
COMMENT FAIT-IL ...

Quelques mots sur Comme elles

Vous vous rendez compte, on arrive déjà au sixième volume ! Merci à tous pour votre soutien !

Une petite anecdote sur la couverture...

Cette partie du rabat de la jaquette est souvent consacrée à un autoportrait de l'auteur. Mais cette fois...

Mlle K., membre du staff éditorial

Dites, on ne risque pas de vous prendre pour un homme ? Hu hu

Ou pour un duo de mangaka, genre "Sakura" et "Fujisue" ? Hu hu

Ah oui, c'est marrant ! Laissez comme ça

Ça m'a bien fait rire

Mais bon, qui aurait marché ?

Allez, rendez-vous au volume 7 !

20 . 05 . 2006

THANX BEAR

TU LE CONNAIS, MON CŒUR ?
JE CROIS QU'IL FAIT MÉDECINE. CE QUI EST SÛR ...
BEN ... JUSTE DE GUEULE
J'HALLUCINE ! UN DINGUE PAREIL SERAIT DEVENU DOCTEUR ?!
C'EST QU'IL SE TRIMBALAIT DÉJÀ UNE SALE RÉPUTATION
ON DIRAIT QUE JE ME SUIS TROMPÉE ...
AH, LES MECS ! QUELS MALADES !
EH ! ON N'EST PAS TOUS TARÉS, QUAND MÊME !
Moi non plus, j'encaisse pas les oufs
CE N'ÉTAIT DONC PAS MIYATA
IL FAUT QUE JE DÉCOLLE, LE BOULOT M'ATTEND
O.K., je t'accompagne
C'EST CURIEUX, CETTE NOUVELLE ME SOULAGE ...
MAIS EN MÊME TEMPS, JE TROUVE ÇA INJUSTE POUR SAKAGAMI. AINSI, CE SALAUD S'EN SORT, FINALEMENT
BEN, MOI AUSSI, ALORS

ATTENDS ...
TU VEUX PAS RESTER UN PEU ?
BONNE SOIRÉE !
TCHAO, LES MÔMES !
Et merci pour le dîner !
ELLE BOSSE TARD, DIS DONC. C'EST DRÔLEMENT COURAGEUX
KANO ...

POURQUOI ...
T'AS APPELÉ YURIKA, ET PAS MOI ?
TU VEUX TOUJOURS PAS ME PARLER ?
QU'EST-CE QUE ...
HEIN ?
MAIS NON !
C'EST JUSTE QU'ELLE ET MOI, ON A DÉJÀ DISCUTÉ, TOUTES LES DEUX, QUAND J'AVAIS DES SOUCIS ...
QUELS SOUCIS ?
TU M'EN AS JAMAIS PARLÉ
T'AS DONC VRAIMENT AUCUNE CONFIANCE EN MOI ?

NON, ÇA N'A RIEN À VOIR !
MOUAIS ... LAISSE TOMBER
ON FINIT NOTRE BIÈRE ?
ENCORE UN MALENTENDU
POURQUOI ÇA DÉGÉNÈRE À CHAQUE FOIS QU'ON OUVRE LA BOUCHE ?

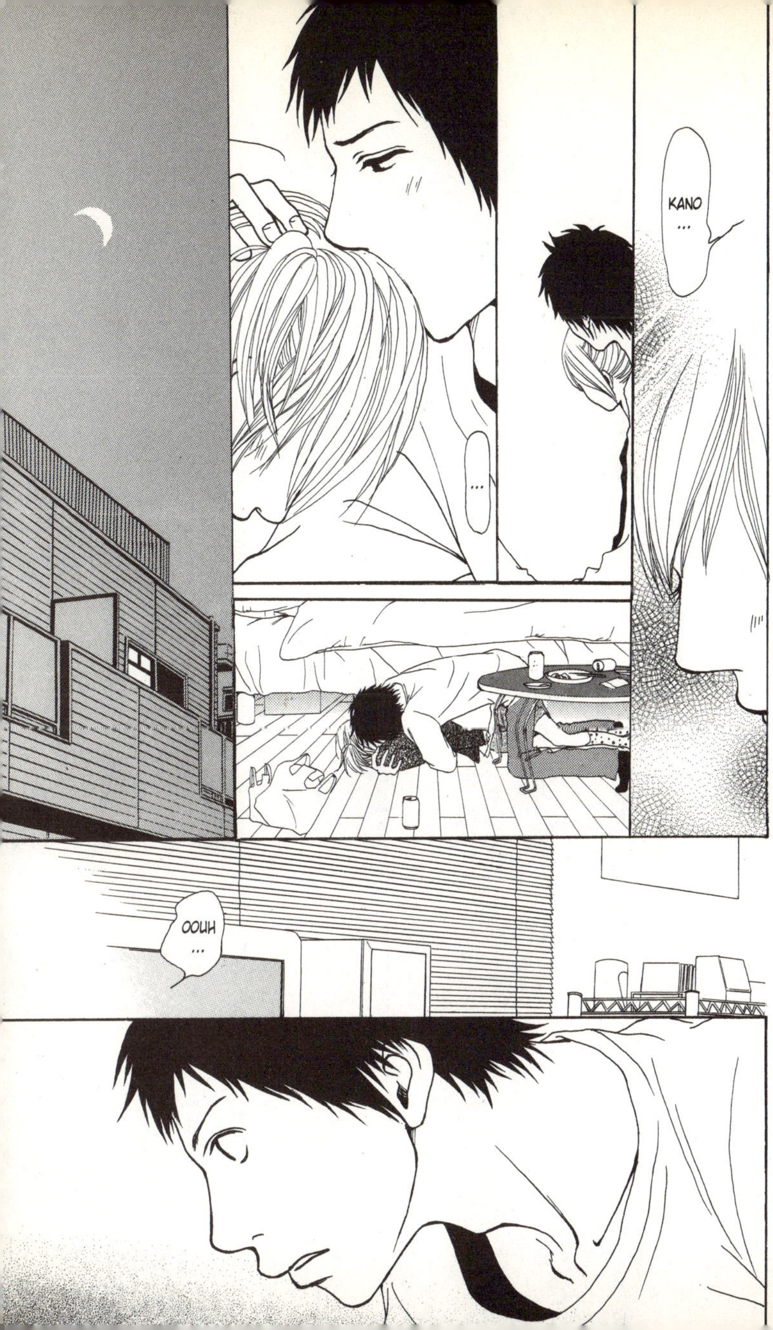
KANO ...
...
OOUH ...

EUH … PARDON, JE …
NON, VAS-Y …
SI TU …
EN AS ENVIE
LES MOTS, ÇA NE MARCHE PAS
MAIS PEUT-ÊTRE QU'EN FAISANT L'AMOUR …
RENTRE CHEZ TOI. ALLEZ

...
OUI, IL VAUT MIEUX QUE JE FILE
UN DEVOIR À TERMINER...
IMAGINONS...

... QUE JE PUISSE REVENIR EN ARRIÈRE ...
100
Ma chérie,
Désolée, mais je n'ai pas eu le temps de faire de courses.
Peux-tu t'en charger, s'il te plaît ?
Attention, ne dépense pas tout !!
Bisous, Maman
À QUELLE MINUTE PRÉCISE JE DEVRAIS REMONTER POUR POUVOIR TOUT CHANGER ?
APPEL
ENA
TUU
TUU
TUU
TUU

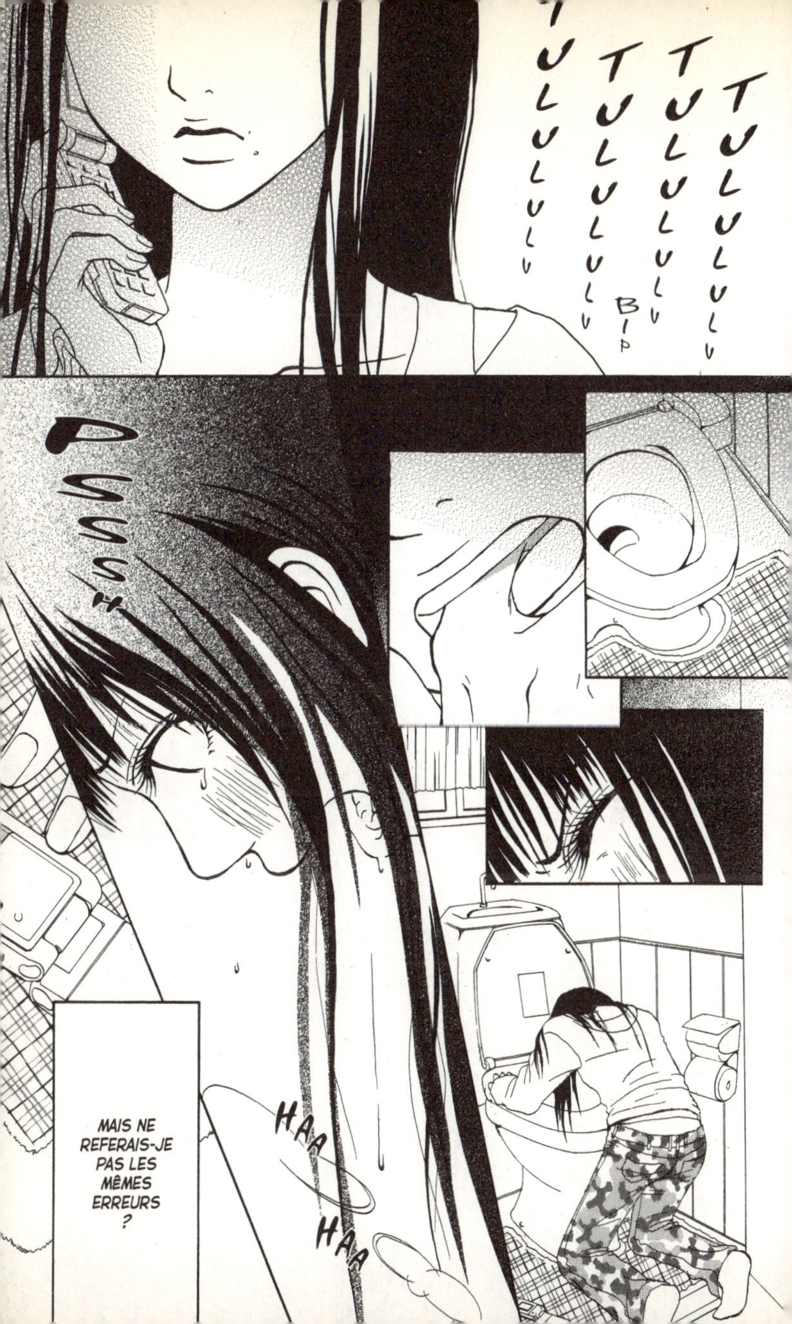
TULULULULU
TULULULULU
TULULULU
BIP
TULULULULU
PSSSH
MAIS NE REFERAIS-JE PAS LES MÊMES ERREURS ?
HAA
HAA

IL N'EMPÊCHE QUE ÇA VAUDRAIT LE COUP D'ESSAYER
...
ALLÔ ?
SAKAGAMI, C'EST TOI ? QU'EST CE QU'IL Y A ?
JE T'APPELAIS POUR ... RIEN DE SPÉCIAL
ARRÊTE DE RÊVER
AH ... BON
...
EXCUSE-MOI, JE TE DÉRANGE POUR RIEN
NON, ATTENDS !

J'AI PENSÉ À UN TRUC ...
POUR NOËL. SI TU ... ES LIBRE, TU VEUX VENIR CHEZ MOI ?
OU ...
JE VIENS CHEZ TOI, SI TU PRÉFÈRES
ON POURRAIT S'ACHETER UN GÂTEAU ET D'AUTRES BRICOLES SYMPAS À MANGER, ET ON DÎNERAIT ...
ENSEMBLE
OUI
...
D'ACCORD
J'AIMERAIS REVIVRE ...

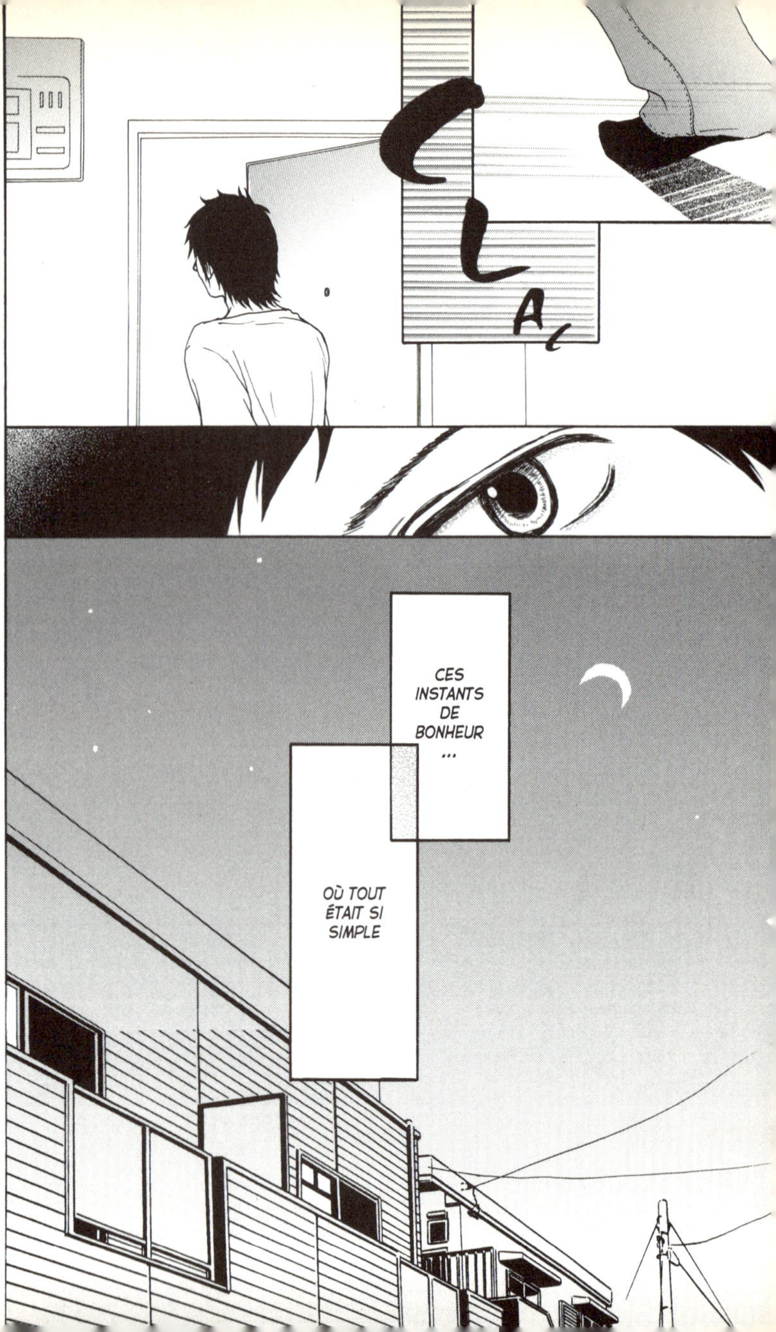
CLAC
CES INSTANTS DE BONHEUR ...
OÙ TOUT ÉTAIT SI SIMPLE

COMME ELLES
Scene twenty-three - Party -

POURTANT, LA MÉTÉO AVAIT PRÉVU DU BEAU TEMPS POUR AUJOURD'HUI
AINSI …
LE CIEL PLEURE AVEC NOUS
QUELLE TRISTESSE, DE PERDRE UN ENFANT
LA PLUIE N'A PAS L'AIR DE VOULOIR S'ARRÊTER. MON COSTUME VA ÊTRE TREMPÉ ! ALLONS NOUS ABRITER SOUS L'AUVENT
TIENS …
IL PLEUT !
BOUH
OOUH
SNIF

MESSIEURS DAMES, SI VOUS AVEZ BESOIN D'UN PARAPLUIE ...
CEUX-CI SONT À VOTRE DISPOSITION. POUR LES PERSONNES QUI SOUHAITENT BRÛLER DE L'ENCENS, LA FILE EST PAR LÀ, MERCI

TENEZ, MADAME ...
SI VOUS POUVIEZ PARTAGER UN PARAPLUIE À PLUSIEURS, S'IL VOUS PLAÎT
SAKAGAMI ?
TU ES PRÊTE ?
ON ... ON Y VA ?
Chacun votre tour, merci
JE ME SOUVIENS ...
CE JOUR-LÀ ...

SAKAGAMI ?
J'ÉTAIS SÛRE QUE C'ÉTAIT TOI !
TU N'AS PAS CHANGÉ !
À L'INSTANT OÙ ELLE EST VENUE VERS MOI ...
ENA M'A SOURI SI TEN-DREMENT ...
MAIS COM-MENT ...
JE PEUX PENSER À LUI ...

DANS UN MOMENT PAREIL ?
AH ... VOILÀ SA MÈRE
L'HOMME À CÔTÉ DOIT ÊTRE SON PÈRE
NON, C'EST TROP DUR !!
BOUH OUH
POURQUOI ?! POURQUOI ELLE ?!
SÛREMENT DES ÉLÈVES DE SON LYCÉE ...
ET PEUT-ÊTRE MÊME DES COPINES DE CLASSE
J'AI LE VISAGE BOUFFI DE LARMES
QUELLE HORREUR !
ET DIRE QUE C'EST LA DERNIÈRE IMAGE QU'ENA A GARDÉ DE MOI !

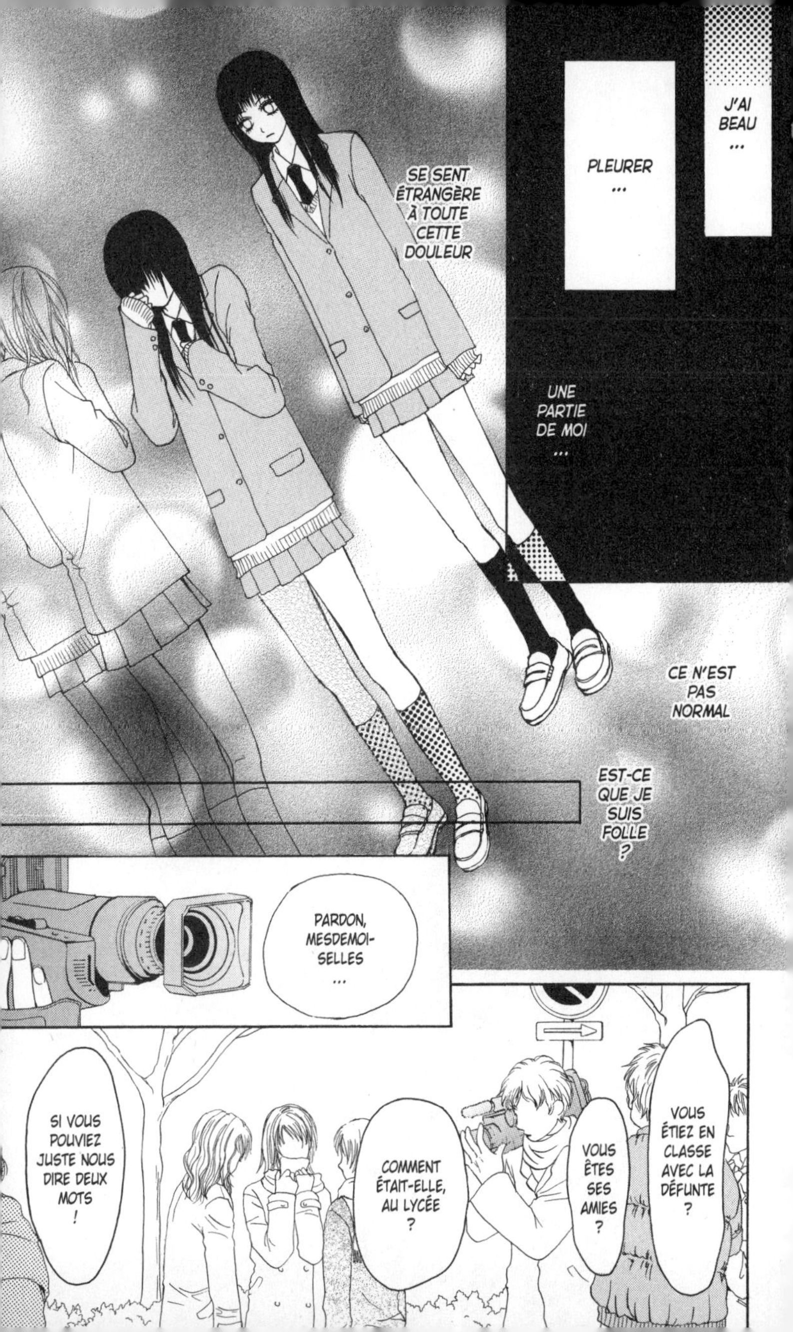
J'AI BEAU ...
PLEURER ...
SE SENT ÉTRANGÈRE À TOUTE CETTE DOULEUR
UNE PARTIE DE MOI ...
CE N'EST PAS NORMAL
EST-CE QUE JE SUIS FOLLE ?
PARDON, MESDEMOI-SELLES ...
VOUS ÉTIEZ EN CLASSE AVEC LA DÉFUNTE ?
VOUS ÊTES SES AMIES ?
COMMENT ÉTAIT-ELLE, AU LYCÉE ?
SI VOUS POUVIEZ JUSTE NOUS DIRE DEUX MOTS !

S'IL VOUS PLAÎT, MESDEMOISELLES !
J'ESPÈRE QUE LA PROCHAINE FOIS QU'ON SE VERRA, CE SERA POUR UN ÉVÉNEMENT PLUS GAI
COMME LA FÊTE DES ANCIENS
TU CROIS QUE ÇA SE FERA BIENTÔT ?
SANS DOUTE
SAKAGAMI, J'AI QUELQUE CHOSE POUR TOI
TIENS !
TU TE SOUVIENS ? AVANT LA REMISE DES DIPLÔMES, ON AVAIT FAIT DES PHOTOS
LES VOILÀ
COMME ON NE S'ÉTAIT PAS CROISÉES DEPUIS...
AH, MERCI !
Sakagami
JE TE DOIS COMBIEN ?
LAISSE TOMBER, JE TE LES OFFRE
En plus, mon père les a tirées sur imprimante, alors ça coûte rien
TU ES SÛRE ?
OUI
MERCI !
À BIENTÔT !
OUI, AU REVOIR !

* DANS CETTE SCÈNE, KAZUMI OUVRE LA BOITE DE CADEAUX QUE L'ON REMET AUX PERSONNES VENUES ASSISTER À DES FUNÉRAILLES.

JE CROIS QU'ON LUI A FAIT DE VRAIES SALOPERIES
ELLE, ELLE MÉRITE QU'ON LA PLAIGNE, NON ?
...
LA JEUNE FILLE AGRESSÉE AVANT-HIER EST FINALEMENT DÉCÉDÉE À L'HÔPITAL. SES OBSÈQUES SE DÉROULENT EN CE MOMENT-MÊME ...
ALORS QUE LA PLUIE ...
NE CESSE DE TOMBER
AH ...
ELLE, ELLE MÉRITE QU'ON LA PLAIGNE, NON ?
LA PLAINDRE ... CETTE EXPRESSION ME PARAÎT BIEN VIDE DE SENS

* CHAQUE DÉBUT ET FIN DE SEMESTRE, LES PROFESSEURS FONT UN DISCOURS DEVANT TOUS LES ÉLÈVES DE L'ÉTABLISSEMENT.

* LA COUTUME SHINTOÏSTE DE PURIFICATION VEUT QUE L'ON RÉPANDE DU SEL SUR UNE PERSONNE REVENANT DE FUNÉRAILLES, LA MORT ÉTANT CONSIDÉRÉE COMME IMPURE.

DRIIING
DRIIING
PURÉE, C'EST PAS TROP TÔT ! QUEL BAVARD… CE DIRLO !
J'ai failli piquer du nez !
MOI, J'AI DU MAL À RESTER DES PLOMBES DEBOUT
C'EST VRAI QUE TU T'ASSIEDS SOUVENT. TU ES ANÉMIQUE ?
BLA BLA
OUAIS. POURTANT, JE PRENDS DU FER
TAP TAP TAP
BLA BLA
Mange de la bidoche !
Ça donne des forces !
Luna, la pro de la santé !
OUAH HA HA HA
Et pour mincir ? T'as des conseils ?
SALUT !
SHAC

* AU JAPON, LES LYCÉENS FONT LE MÉNAGE DANS LEUR ÉTABLISSEMENT, AVEC UN SOIN REDOUBLÉ EN FIN D'ANNÉE.

* ÉMISSION D'INFORMATIONS PLUS OU MOINS SÉRIEUSES, SOUVENT AXÉES PEOPLE.

AUJOUR-D'HUI ...
J'AI VU LA TÊTE DU SUSPECT À LA TÉLÉ-VISION
OUI
BLANÇ
T'as eu combien ?
Eh, qu'est-ce tu mates, là ?
OUAH HA HA HA HA
Ben quoi ?
SAKASHITA
OUI
C'ÉTAIT CELLE D'UN PARFAIT INCONNU
J'AI L'IM-PRESSION QU'ELLE NE VOIT PLUS ENA
2nde 2
Nom : Kanori Sakashita
MÊME SI ÇA N'EFFACE PAS CE QUI LUI EST ARRIVÉ, ELLE A AU MOINS PRIS SES DIS-TANCES AVEC CE TYPE
KANORI

JE PEUX VENIR À QUELLE HEURE, APRÈS-DEMAIN ?
TU VEUX QUE J'APPORTE QUELQUE CHOSE ?
HMM ...
LE GÂTEAU, ON L'ACHÈTE ...
ET JE COMPTAIS COMMANDER UNE PIZZA. TU AS ENVIE D'UN TRUC EN PLUS ?
EN FAIT ...
POUR LE GÂTEAU ...
TU NE VEUX PAS QU'ON LE FASSE NOUS-MÊMES ?
NAN
...
AU MOINS, C'EST CLAIR
HONNÊTEMENT, JE M'EN SENS INCAPABLE !
T'as dû voir quelle bille j'étais, en cours de cuisine
MAIS JE PEUX LE FAIRE TOUTE SEULE ALORS
ALLEZ, S'TE PLAÎT !
EUH ...

ET VOILÀ, ELLE A ENCORE LE DERNIER MOT
JE POURRAI QUAND MÊME T'AIDER, TU SAIS ...
C'EST VRAI ?!
GÉNIAL ! J'APPORTE TOUT CE QU'IL FAUT, D'ACCORD ?
ÇA FAISAIT UNE ÉTERNITÉ QUE JE NE L'AVAIS PAS VUE SOURIRE
VOUS FÊTEZ NOËL TOUTES LES DEUX ?!
HEIN ?

MAIS … ET KÔT…
BONG
AÏE !
NOËL EST UN JOUR SACRÉ ! C'EST PAS FAIT POUR FORNIQUER !
MOUAIS … Elles sortent d'où, les nanas du fond ?!
AMEEEN !
ÇA, C'EST BON POUR CELLES QUI N'ONT PAS DE COPAIN ! MAIS SI VOUS EN AVIEZ UN, VOUS VOUDRIEZ PASSER CE JOUR-LÀ AVEC LUI, AVOUEZ ?!
Bah, bien sûr !
O.K., on avoue !
ET TOI ? TU VAS À LA SOIRÉE AVEC LES GARÇONS ?
OUI …
C'EST COOL, ILS S'OCCUPENT DE TOUT
OH !
LA PLUIE S'EST ARRÊTÉE !

C'EST DOMMAGE, J'AURAIS BIEN AIMÉ QU'IL NEIGE
À MON AVIS, IL VA SE REMETTRE À PLEUVOIR
Regarde ces gros nuages
AH, ET LÀ !
TU AS VU ?
OUAH, UN ARC-EN-CIEL !
C'EST COMME UNE LUMIÈRE ...
QUI RÉ-CHAUFFE ...
LE CŒUR
TROP BEAU !
KÔ ... JE ME DEMAN-DE SI TOI AUSSI, TU AS LES YEUX FIXÉS SUR CETTE MERVEILLE ...
TIENS !

UN ARC-EN-CIEL !
ÇA FAISAIT UN BAIL QUE J'EN AVAIS PAS VU UN
REMARQUE, J'AI TELLEMENT PEU VU LE CIEL, CES DERNIERS TEMPS ...
Cette lumière ! J'suis plus habitué !
EH, L'UN DE VOUS CONNAÎTRAIT PAS UN RESTO QU'AURAIT DE LA PLACE LE SOIR DE NOËL ?
Y me faudrait deux places. Je sais, je m'y prends tard ...
UN RESTO ? TU VEUX PAS PLUTÔT UNE CHAMBRE D'HÔTEL ?
Ça urge, là !!
NAN, MAN. POUR LE COUP, JE VEUX PRENDRE MON TEMPS
T'AS VU ? M'SIEU EST ACCRO !
LE PAUVRE, JE LE PLAINS
↑ Le fameux Sakurai
Bonne chance, vieux !
ET TOI, KÔTA ?

QUOI ?
JE PARIE SUR UNE SOIRÉE AU PIEU AVEC LA PETITE KANORI !
ENFOIRÉ DE KÔTA !
NON ...
Fais gaffe au détournement de mineure !
ELLE A PRÉVU AUTRE CHOSE
OUAIS ...
JE CROIS BIEN QU'ELLE M'A LARGUÉ
...
AH !
HEIN ?
TU DÉCONNES ?!
...
O.K. !
ALLONS PICOLER !
Par ici, l'ami !
NON, J'AI PAS TRÈS ENVIE
ALORS, PROFITONS DU SOLEIL !

CLOOONG
RHAAAA, MERDE !! J'AI FAIT FOUL BALL* !
CLOOONG
* TERME DE BASE-BALL DÉSIGNANT UNE BALLE QUI SORT DES LIMITES DU TERRAIN.
PAF
Home R
MAIS ... TU COMPTES ?!
JE CROYAIS QUE C'ÉTAIT UN ÉCHAUF-FEMENT ?!
TU RIGOLES ?!
TU PERDS CETTE PARTIE ET C'EST NO SEX PENDANT UN MOIS !
RÉPÈTE ?! PUTAIN, T'ES TROP DUR !!
CLOOONG

AH !
ÇA Y EST, IL RECOMMENCE À PLEUVOIR
RENTREZ BIEN
BONNE FIN D'ANNÉE !
DÉJÀ ?!
HA HA HA HA
On s'écrit avant, quand même !
SALUT, LES FILLES !
Et Merry Christmas !
ON ACCÉLÈRE UN PEU ?
EH BIEN ...
À DEMAIN !

OUAIP !
TU LU LU LU LU
TU LU LU LU LU LU

TU LU LU LU LU
ALLÔ ?
BONJOUR, JE SUIS BIEN CHEZ MLLE KAZUMI SAKAGAMI ?
OUI ... QUI EST À L'APPAREIL ?
ICI LE COMMISSAIRE PRINCIPAL DE LA POLICE DE NAGOYA, JE M'APPELLE M. ... J'AIMERAIS PARLER À MLLE SAKAGAMI, S'IL VOUS PLAÎT
OUI, C'EST ...
C'EST MOI, MONSIEUR ...
MAMAN !

OÙ AS-TU RANGÉ LE SAPIN ?
TU SAIS, LE MACHIN EN PLASTIQUE QU'ON MONTE CHAQUE ANNÉE ...
AH ... IL EST ...
ATTENDS, JE TE LE SORS
Hop-là
IL ME FAUDRAIT AUSSI ...
DES TRUCS GENRE GUIRLANDES QUI PENDOUILLENT ...
Pour la déco
ELLE MIME
ÇA Y EST, J'AI TROUVÉ !
ICI ?
UN PEU PLUS À DROITE
Ouch
AUTANT FAIRE LES CHOSES EN GRAND !
DING DONG
DÉJÀ ? ELLE EST EN AVANCE !

BONJOUR !
BONJOUR, KAZUMI
SAP
VOUS ALLEZ BIEN, MADAME ?
C'EST QUOI, TOUT CE BAZAR ?
T'es super chargée
C'EST POUR CUISINER. JE T'AVAIS DIT QUE J'APPORTERAIS TOUT
ET DANS CE SAC, IL Y A DES INGRÉDIENTS
ÇA FAIT SI LONGTEMPS QUE JE N'AI PAS FAIT DE GÂTEAU ! JE SUIS SUPER EXCITÉE !
T'as pensé à tout
J'AI PRIS UNE EXCELLENTE CRÈME FRAÎCHE, ALORS MÊME RATÉ, IL NE POURRA PAS ÊTRE MAUVAIS ♥
HA HA HUM !
ÇA M'ÉTONNERAIT QU'ELLE LE RATE
OUI, VAS-Y, TU APPROCHES LES BATTEURS DU SALADIER ET …
VRR
SBLANG
OUAAAH !

VAS-Y DOUCEMENT, MAIS SÛREMENT ! N'HÉSITE PAS !
MAIS EUH ... J'AI PEUR, MOI !
VRRR
ALLEZ, RECOMMENCE
NON, TU N'AS RIEN À CRAINDRE
KANORI ?
AH, M'MAN ! TU Y VAS ?
OUI
JE RISQUE DE RENTRER TARD
Kazumi, reste autant que tu veux, d'accord ?
HM ? O.K. M'MAN
AMUSE-TOI BIEN !
MERCI ... BON, J'Y VAIS
TA MAMAN EST ENCORE DRÔLEMENT BELLE
QUAND JE PENSE QU'ELLE A LE MÊME ÂGE QUE LA MIENNE !
BAH, ELLE JOUE À LA DJEUNE, C'EST TOUT
LA TIENNE TRAVAILLE CE SOIR ?
OUI

AVANT ...
J'ADORAIS FAIRE DES GÂTEAUX À LA MAISON. IL FAUT DIRE QUE JE ME RETROUVAIS SOUVENT TOUTE SEULE
OOOH
MERCI, MA CHÉRIE !
C'ÉTAIT MON PETIT PLAISIR À MOI ET ÇA M'AIDAIT ...
À PASSER LE TEMPS
JUSQU'AU JOUR OÙ J'AI DÉCOUVERT QUE MA MÈRE JETAIT MES PÂTISSERIES À LA POUBELLE. DU COUP, J'AI ARRÊTÉ DE CUISINER
MAIS CE SOIR, C'EST DIFFÉRENT !
CAR J'AI QUELQU'UN POUR GOÛTER À MON GÂTEAU !
POUR ÊTRE FRANCHE, J'AURAIS PRÉFÉRÉ QUE CE SOIT ENA QUI EN PROFI...

Comme elles - volume 6 - Fin

DANS TON OMBRE
11
J'vous rattrape !
À TON AVIS, ILS JOUENT À QUOI, CES GOSSES ?
HM ?

JE CROIS QU'ILS ESSAYENT DE MARCHER SUR L'OMBRE DES AUTRES
AH, ÇA ME DIT VAGUEMENT QUELQUE CHOSE. MAIS JE NE SAIS PAS SI J'Y AI JOUÉ, PETITE
PAR CONTRE, JE ME SOUVIENS TRÈS BIEN AVOIR JOUÉ AU GENDARME ET AU VOLEUR !
Vas-y !
AH OUIIII !
MOI AUSSIIII !
HA HA HA HA !
C'était trop bien !!
AH LÀ LÀ, LES GAMINS SONT TELLEMENT INNOCENTS ! MOI, J'ADORAIS JOUER LES MÉCHANTES CRIMINELLES !!
L'ENFANCE...
LA PÉRIODE LA PLUS NAÏVE DE NOTRE EXISTENCE
'GARDE, KOHARU
TU CROIS QUE CE SONT DES AMOUREUX ?
BEN VI ! Y SONT ...
TOUT COLLÉS !
CHUT
AH !
GLOUPS

LES DEUX SILHOUETTES SE SONT RAPPROCHÉES, JUSQU'À S'UNIR EN UNE SEULE OMBRE
À L'ÉPOQUE, CETTE SCÈNE M'AVAIT SEMBLÉ TOUT SAUF INNOCENTE !
ET AUJOURD'HUI ENCORE, À SON SIMPLE SOUVENIR, MON CŒUR BAT PLUS FORT
PARDON !
T'ES SUR MON CHEMIN !
T'en prends, de la place !
TU NE PEUX PAS PASSER AILLEURS ?! T'ABUSES, LÀ !
Blaireau !
SPOF
OUPS, EXCUSE-MOI
AÏEUH !
LÂCHE-MOI, TU VEUX ?!
Mouais
Ça roule ?

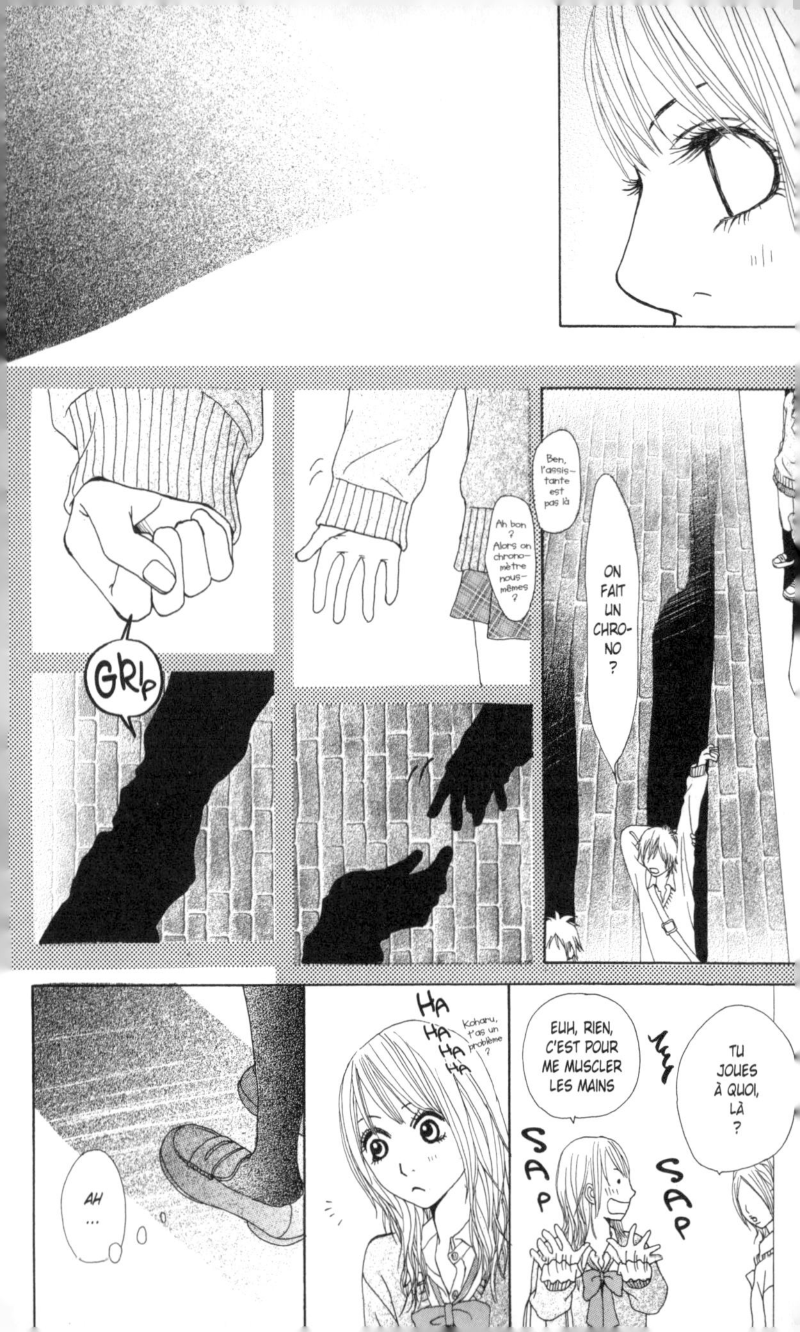

Ben, l'assistante est pas là
ON FAIT UN CHRONO ?
Ah bon ? Alors on chronomètre nous-mêmes ?
GRIP
TU JOUES À QUOI, LÀ ?
EUH, RIEN, C'EST POUR ME MUSCLER LES MAINS
SAP SAP
HA HA HA HA
Koharu, t'as un problème ?
AH ...

GLANG
MERDE, JE ME SUIS PLANTÉ DE TOUCHE !
TIENS, ARINO, CADEAU
FUT
QUOI ?
OUAH !
Fais gaffe !
TU N'EN VEUX PAS ? QUEL GASPILLAGE !
TU ME VOIS BOIRE DU LAIT À LA FRAISE ? ALLEZ, FAIS-TOI PLAISIR
Et puis, ça fera grossir tes nibards !
Si c'était aussi facile, on verrait des gros seins partout !
PAUV' NAZE !
J'TE JURE ...
TOUS LES DEUX ...
PETITS NÉNÉS
ON SE CHAMAILLE SANS ARRÊT
OU PLUTÔT, C'EST LUI QUI ME CHERCHE

EST-CE QU'IL RESSENT LA MÊME CHOSE QUE MOI ?
SHAC
T'AVAIS OUBLIÉ UN TRUC ?
OUI, MON PORTE-FEUILLE
ET TOI ?
MON SAC
JE VEUX DIRE ... DE L'AMOUR ?
AH !
T'ES TROP NUL
TU T'ES VUE ?
OUAAH, LE COUCHER DE SOLEIL DE LA MORT !
Comment on peut oublier son sac ?
IL M'A FAIT PEUR, À DÉBARQUER COMME ÇA !
LA VACHE, ÇA ARRACHE LA RÉTINE !

SON OMBRE ...
ET LA MIENNE SE CON-FONDENT
POF

EUH ...
'FAUT ...
QUE JE RETOURNE AU CLUB
AH
OUI
IZAWA
C'ÉTAIT LE MOMENT PARFAIT ...
POUR ...
EXPRIMER TES SENTIMENTS
TU AS HÉSITÉ ...
MAIS ...
MOI ...
JE FONCE !
IZAWA !

JE T'AIME !
...
MERDE !
...
KAHHUM
KOF KOF
ENFIN, JE ...
T'AIME BEAUCOUP !
PARDON, C'EST CETTE FICHUE TOUX
EN TANT QU'AMI ...
TU PEUX ME PARLER, DU GENRE ME DIRE S'IL Y A UNE FILLE QUI ...
KOF

HUM ... BEN ...
OUAIS ...
Y A UNE FILLE QUI ME PLAÎT
MAIS GARDE-LE POUR TOI !
SI JE TE L'AI DIT, C'EST PARCE QU'ON EST POTES, O.K. ?!
PROMIS, JE NE RÉPÉTERAI À PERSONNE ...
QUE CE CRÉTIN D'IZAWA EST AMOUREUX !
RHAA
CHUT ! BAISSE LE SON !
O.K.
TANT PIS
BEN, BONNE CHANCE, MON GARS !
J'AI JOUÉ ... ET J'AI PERDU

LE TEMPS A PASSÉ...
ET L'EN-FANCE EST DÉJÀ LOIN
CETTE OMBRE UNIQUE RESTERA À JAMAIS UN SOUVENIR, ET RIEN D'AUTRE
QUELLE CONNE !

Dans ton ombre - Fin

EN DEUX BATTEMENTS
DE CŒUR # 2

LE BONHEUR QUE JE VIS AUJOURD'HUI, OU LA TRISTESSE QUE J'ÉPROUVE PARFOIS ...

NE SONT QUE LE FRUIT D'ÉVÉNEMENTS ...

INSAISISSABLES

* QUARTIER DE NAGOYA.

ÇA Y EST, LES FILLES
J'AI UN CHÉRI ♡
♥
MAIS... QUOI ?!
UN CHÉRI ?!!

Tiens, elle a un mec !
Félicitations !
EH, NE CRIEZ PAS COMME ÇA ...
Aargl, toute la classe est au courant maintenant ...
PFRRRR
On est contentes pour toi !
Ouais, bravo !
HA HA !
MON PIRE CAUCHEMAR ...
OUAAAH ! JE SUIS JALOUSE !
C'est pas juste !
TU L'AS RENCONTRÉ QUAND ? ET OÙ ?!
VIENT DE SE RÉALISER
Vous voulez que je vous raconte ? C'est vrai ?
JE SUIS QUAND MÊME UN PEU GÊNÉE D'EN PARLER ! EN FAIT, C'EST LUI QUI M'A DRAGUÉE DANS LA RUE
SI VOUS SAVIEZ COMME IL EST CRAQUANT !
VOUS VOUS RENDEZ COMPTE, IL M'A DIT : "POUR MOI, NOTRE HISTOIRE, C'EST DU SÉRIEUX ! J'ESPÈRE QUE POUR TOI AUSSI." C'EST CHOU, NON ?
← Aura de bonheur
T'en as de la chance !
Trop mignon !
Oui, hein ?
Se faire draguer ...
Ça ne m'est jamais arrivé
MIYO A RÉUSSI ...
À DÉCROCHER LE JACKPOT
À PRÉSENT, L'UNE D'ENTRE NOUS A UN PETIT AMI
RYO ?

AU FAIT, TU N'ÉTAIS PAS AMOUREUSE, TOI AUSSI ?
TU LUI AS FAIT TA DÉCLARATION ?
Ça fait un moment que tu penses à lui, non ?
Tu verras, c'est trop bien d'avoir un chéri
FONCE, RYO !
GLOUPS
HEIN ?!
EH BEN, TU RÊVES ?
PAS DU TOUT !
POMMES CHIPS KOYEKA MOINS DE SEL
Ben
EUH
En fait ...
ON N'EN EST PAS ENCORE AU STADE DES ... DES "JE T'AIME"
C'EST JUSTE QU'IL ME PLAÎT
AU COLLÈGE ...
GNIP GNIP GNIP GNIP
JE TROUVAIS LES ÉLÈVES DE LYCÉE SUPER MATURES
COUPLE DE LYCÉENS CROISÉS DANS LA RUE
JE CROYAIS QU'EN DEVENANT LYCÉENNE, J'ALLAIS AUSSITÔT ME FAIRE COURTISER ET TROUVER L'ÂME SŒUR
SURPRISE !
Pochette-surprise
Bienvenue au lycée !
RYO AU COLLÈGE

APRÈS TOUT, DÈS QUE LES FILLES ENTRENT AU LYCÉE, ELLES NE PENSENT PLUS QU'À LEUR APPARENCE
L'est trop longue, ma jupe, nan ?
Ben ouais ! 'Faut la retoucher, hein !
NYAAAH !
Crotteuh ! Je me suis fait des sourcils trop fins !!
AUCUNE ENVIE DE RESSEMBLER À CES DÉBILES ...
MÊME SI JE NE SUIS PAS TRÈS DIFFÉRENTE D'ELLES
C'est dur, de résister ...
COMME LA VIE AU LYCÉE EST PAS MAL REMPLIE ...
Il me faut ...
Un petit boulot cool !
Les soldes commencent demain !
On y va ? tant pis pour le cours de japonais !
T'as vu Plus belle la vie au lycée, hier ?
J'ai trouvé une boutique de fringues super hype !!
Je veux aller au karaokéé
YEEEAH !
J'AI UN PEU OUBLIÉ MES BONNES RÉSOLUTIONS
FINALEMENT, JE ME SUIS RETROUVÉE ...
CERNÉE PAR LES FILLES !!!
BO——NG
POURTANT, JE SUIS DANS UN LYCÉE MIXTE !

BOUUUUH
ÇA FERAIT VIEILLE FILLE AIGRIIIIIE !!
MAIS SI MOI, JE DISAIS UN TRUC PAREIL…
EUH… MAIS NON, MAIS NON !
C'EST FACILE À DIRE, QUAND ON A UN MEC !
ARRÊTE, C'EST QUAND MÊME SYMPA DE DISCUTER ENTRE NANAS !
JE SOUFFRE VRAIMENT DE NE PAS AVOIR DE COPAIN ! POURTANT, CE N'EST PAS FAUTE DE FAIRE DES EFFORTS…
CHAQUE MATIN, JE PASSE PLUS D'UNE DEMI-HEURE À ME COIFFER
Rhaaa, c'est moche !!
ARRGL !!
MOUSSE
LAQUE
MAIS À QUOI ÇA SERT, HEIN ?! PERSONNE ME REGARDE, DE TOUTE FAÇON !!
L'HIVER, COMME JE NE PORTE QUE DES TENUES À MANCHES LONGUES…
OUAAAH ! JE SUIS PIRE QU'UNE GUENON !!
Rhaa, au secours !!
J'AI MÊME MIS LE PAQUET SUR LA LINGERIE…
PFFF…
ENCORE UN TRUC INUTILE…
Ben oui, j'ai personne à qui les montrer !

BREF !
C'EST DÉCIDÉ, JE ME JETTE À L'EAU ! DEMAIN, JE DÉCLARE MA FLAMME À L'HOMME DE MES RÊVES !!
HI HI HI
AH !
My love
TSU-YOSHIII !
Tu me rejoins après ?
Ouais
DÉSOLÉE, RYO, MAIS JE DOIS TE LAISSER ! ON SE VOIT EN COURS ?
TSU-YOSHI !
Bye
TOUTE
SEULE
Tu vas encore assurer, baby
J'ai cours de bio
Dis, on rentre ensemble aujour-d'hui ?
Ouiiiii bonne idée !

NON, DÉCIDÉMENT, JE N'ARRIVE PAS À ME RÉJOUIR POUR ELLE
MIYO, TU N'AS PAS DIT ...
QU'IL T'AVAIT DRAGUÉE DANS LA RUE ?
TU AS EU DE LA CHANCE DE TOMBER SUR UN MEC BIEN !
ET DE NOTRE LYCÉE, EN PLUS !
C'EST MÊME TROP BEAU POUR ÊTRE VRAI, NON ? VOTRE HISTOIRE D'AMOUR RISQUE DE NE PAS DURER LONGTEMPS ...
SI TU VOIS CE QUE JE VEUX DIRE
FRANCHEMENT, CE TSUYOSHI A L'AIR CHELOU
Un surfeur ?
Trop zarbe !
QUANT À TOI ...
JE DOIS RECONNAÎTRE QUE TU ES DE PLUS EN PLUS JOLIE !

MIYOOOO !!
NE M'ABANDONNE PAAAS !!
Z z z z
OH LÀ LÀ ... IL EST VRAIMENT TROP BEAU !!
Je craque
BON, QUAND 'FAUT Y ALLER ... MAIS COMMENT JE DOIS M'Y PRENDRE ?
JE NE FAIS QUE LE CROISER DANS LE TRAIN
ET APRÈS TOUT, JE NE LE CONNAIS PAS ! SI ÇA SE TROUVE, JE NE SUIS PAS VRAIMENT AMOUREUSE DE LUI
PLUS BELLE LA VIE AU SKI !
TADAM
TADAM

DIFFICILE DE DEVINER SON ÂGE ...
SI JE ME FIE À SON SAC, IL EST SOIT LYCÉEN, SOIT ÉTUDIANT
VU LE TRAJET QU'IL FAIT, IL DOIT ÊTRE AUX LYCÉES A OU M
MAIS JE NE LE VOIS PAS TOUS LES JOURS ! DONC, IL EST PLUTÔT À LA FAC
Trop cool
ET SI C'ÉTAIT LUI, QUI ME FAISAIT UNE DÉCLARATION D'AMOUR ?
Nan, je rêve
Ha ha !
EXCUSE-MOI !

HEIN ? QU'EST-CE QUI M'ARRIVE ?!
EUH ... OUI ?
?!
TU PRENDS SOUVENT CETTE LIGNE, N'EST-CE PAS ?
IL M'A REMARQUÉE !!
STAC !
OU... OUI !
ET ...
TU PASSES TON TEMPS À ME REGARDER ... JE ME TROMPE ?
JE SUIS DÉMASQUÉE !
EUH ... DÉSOLÉE, JE ...
IL DOIT ME PRENDRE POUR UNE PERVERSE !!
La honte !
PEUT-ÊTRE QUE TU ÉPROUVES QUELQUE CHOSE POUR MOI ?

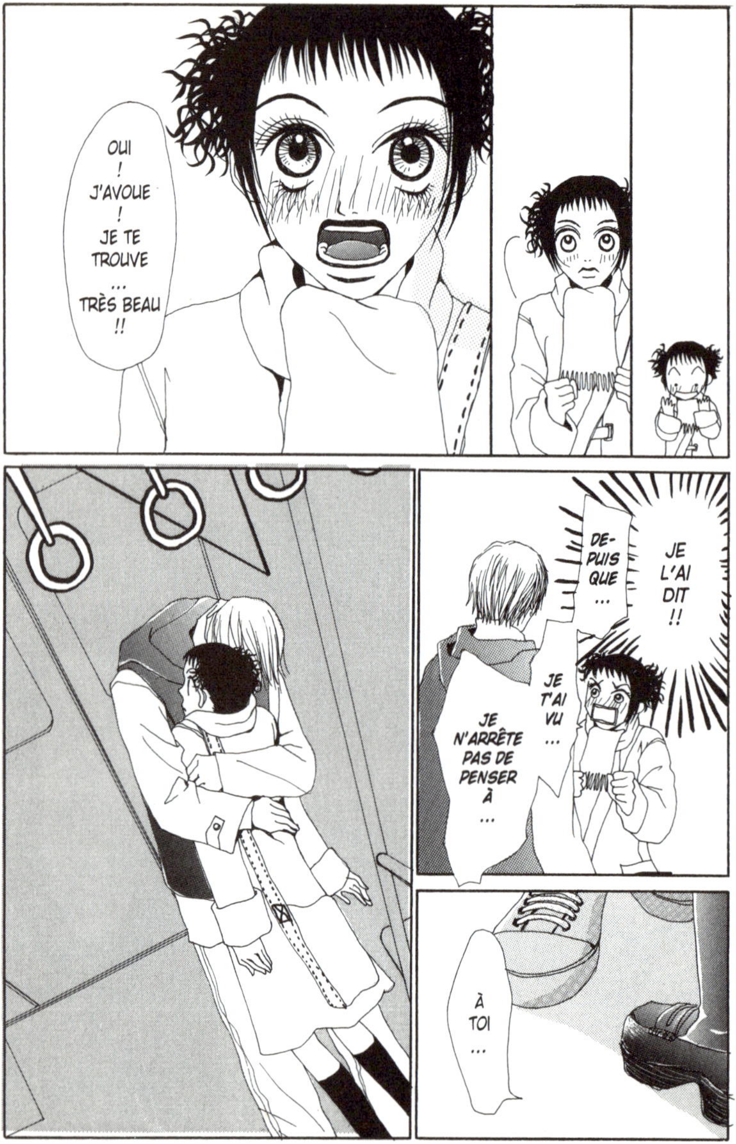
OUI ! J'AVOUE ! JE TE TROUVE ... TRÈS BEAU !!
JE L'AI DIT !!
DE-PUIS QUE ...
JE T'AI VU ...
JE N'ARRÊTE PAS DE PENSER À ...
À TOI ...

ÇA ALORS ... C'EST UN MIRACLE !
MOI AUSSI ...
JE NE SONGE QU'À TOI ...
DEPUIS LE PREMIER JOUR
TU VEUX BIEN SORTIR AVEC MOI ?
HEIN ?! MAIS ... C'EST VRAI ?!
OH ... OUI !
Bien sûr !!
SOUDAIN, MA VIE S'ILLUMINE
JE ME SENS DEVENIR PLUS FORTE, PLUS BELLE !
ENFIN, JE DÉCOUVRE LE POUVOIR DE L'AMOUR !!
SPOFF

HEIN ?
Hm
AH
OH NOOOOON !
Mff
QUELLE GOURDE ! COMMENT J'AI PU CROIRE À UN TRUC PAREIL ?!
Les boules !!
ÇA CRAINT !
Je devais avoir une tête de folle !!
Personne ne m'a vue ?!
CECI DIT ...
Il vérifie qu'il n'a pas bavé

VOILÀ DÉJÀ TROIS MOIS QUE JE L'AIME EN SECRET
JE N'ARRÊTE PAS DE LE MATER
IL A BIEN DÛ DEVINER QU'IL ME PLAISAIT !
Tu n'as pas froid, chérie ?
Jamais, quand tu es prêt de moi ♥
TSUYOSHI POURRA ALLER SE RHABILLER !
Yesss ! Navrée, Miyo
J'IMAGINE ... S'IL DEVENAIT MON PETIT AMI ... LES COPINES SERAIENT VERTES !
OUI, IL FAUT À TOUT PRIX QUE JE SORTE AVEC LUI !!
ARRGH ! MAIS QU'EST-CE QU'IL FAUT QUE JE FASSE ?!
Prochain arrêt : Hoshigaoka
Hoshigaoka ...

Veuillez vérifier que …
ZUT, IL EST TEMPS QUE JE DES-CENDE
TANT PIS …
PSSH
CE SERA POUR LA PROCHAI-NE FOIS
CHOP

PSSSSHT
SHPC
TADAM
TADAM
TADAM
TADAM
TADAM
HEIN ? MAIS ... ÇA ALORS ! JE RÊVE OU QUOI ?!
EUH ...
EXCUSE-MOI, TU ... MON BRAS

OUPS, PARDON !
SAF
Il m'a touchée ?! Et il m'a parlé ?!!
MAIS ... TU N'ES PAS DESCENDU À LA BONNE STATION ...
QUOI ?
AH ... CE N'EST PAS GRAVE
AU CONTRAIRE ...
JE VAIS ENFIN POUVOIR TE PARLER. EN FAIT, J'AI UN TRUC IMPORTANT À TE DIRE
VOILÀ ...
JE ...

JE T'AIME !

SI LES CHOSES SE PASSAIENT AUSSI FACILEMENT, ÇA SE SAURAIT !
TOUT DE MÊME, JE NE ME CROIS PAS IRRÉSISTIBLE À CE POINT !
NAN, JE DÉLIRE
ES
CUUUI
MMMU
TEL CUPIDON, JE LUI DÉCOCHE DES FLÈCHES D'AMOUR ♡ SAURONT-ELLES TROUVER LE CHEMIN DE SON CŒUR ?
TIC TIC
VIUUUUUU
L'ABÎME QUI LES SÉPARE
BOBOM BOBOM
Z Z Z
Hm ?
RRR
Z Z Z
Il s'est rendormi

BO BOM
AH !
L'AURAIS-JE ENFIN TOUCHÉ ?
PAM
AH, 'FAIT CHIER ! TU VOIS PAS QUE TU GÊNES ? RESTE DONC PAS PLANTÉE DANS LE PASSAGE !
QUOI ?!
Mais c'est toi qui m'as foncée dedans, pétasse !!
TAKASE ! JE SUIS LÀÀÀ !

QUELLE FURIE !
Je t'ai vue !
SI TU VEUX SAVOIR, LES LYCÉENNES ME GAVENT !
Elles se la jouent, c'est insupportable !
MOI, JE LES AIME BIEN
HA HA HA HA HA
Ah ouais ? T'aimes les lolitas ?
BON, PARLONS DE CHOSES SÉRIEUSES ! TOUJOURS PARTANT POUR VOIR MES VIEUX ?
BEN ... OUAIS, SI TU VEUX
C'EST VRAI ? Thanks
DÉSOLÉE DE T'EMBÊTER AVEC ÇA, MAIS DEPUIS QUE JE LEUR AI PARLÉ DE TOI, ILS ME TANNENT POUR QUE JE TE PRÉSENTE
Je te jure, ils sont chiants !
DRIIIIIING

TADAM
TADAM
TADAM

IL EST AVEC CETTE MOCHETÉ ?!
HEUREU-SEMENT QUE JE NE LUI AI RIEN DIT ! JE L'AI ÉCHAPPÉ BELLE !
FINALEMENT, CE MEC N'ÉTAIT PAS DU TOUT MON GENRE
JE CROIS QUE JE ME SUIS EMBALLÉE TROP VITE
EN FAIT, J'AIMAIS SON VISA-GE, POINT BARRE
DIRE QUE J'AI GASPILLÉ MON TEMPS AVEC UN NAZE PAREIL !
ÇA M'É-NERVE !!
MAIS COMMENT IL PEUT SORTIR AVEC UNE NANA AUSSI VULGAIRE ? AUSSI LAIDE ? AUSSI ...
JE SUIS DÉÇUE
C'EST TROP NUL

DRIIIING
DRIIIING
DRIIIING
DRIIIING
ÇA Y EST, FINIS LES COURS ! OUF !!
ON SE FAIT UNE PETITE SORTIE ?
ÇA FAIT LONGTEMPS QU'ON N'EST PAS ALLÉES AU KARAOKÉ. QU'EST-CE QUE VOUS EN DITES ?
Oh ! Super idée !!
HEIN, RYO ? TU ES PARTANTE ?

YESSS
MOI ?! TOU-JOURS !!
PAS LA PEINE DE HURLER
C'EST PAS LA SORTIE DU SIÈCLE
AAAH !
C'EST BON D'ÊTRE ENTRE ♡ FILLES !
JE CROYAIS QUE TU TROUVAIS ÇA NUL
AH LÀ LÀ
J'ai dit ça ?
Laisse tomber
J'AI BEAU NE PAS AVOIR DE PETIT AMI ...
QUAND J'ARRIVE À ME COIFFER, ÇA ME FAIT ME SENTIR BIEN POUR TOUTE LA JOURNÉE !
Oh ! Pas mal ♥
MOUSSE
LAQUE
ET MÊME SI PERSONNE NE VOIT NI MES AISSEL-LES NI MES GAMBETTES ...
J'AI DÉCIDÉ DE ME RA-SER TOUS LES QUINZE JOURS
Quand j'étais encore en sixième, mon voisin m'a balancé une vacherie du style "T'es velue, ma parole !". Depuis, je me rase ré-gulièrement
Mais il paraît que quand on se rase, les poils repous-sent encore plus vite ! Bon sang, il faut faire quoi, alors ?! Si ce type n'avait pas existé, je ne serais pas encore en train de me prendre la tête avec ces histoires de poils ! "RYO"
ET PUIS, J'AI LE DROIT DE PORTER DE LA LINGERIE, NON ?
SI ÇA ME FAIT PLAISIR, C'EST L'ES-SENTIEL !
Ouh là ... Main-tenant, il me faudrait le corps qui va avec !

ON AIR
305
AU FAIT, RYO, QUOI DE NEUF AVEC TON AMOUREUX ?
AH OUI, TON HISTOIRE AVEC LE "MEC DU TRAIN" ! T'EN ES OÙ ?!
BOF, NULLE PART
FINALEMENT, ÇA M'A REFROIDIE
Je tiens plus trop à me trouver un mec à tout prix
KARAOKÉ
ET TOI, MIYO ? C'EST TOUJOURS LE GRAND AMOUR ?
NOTRE SPÉCIALITÉ : LA FONDUE AU FROMAGE
300 YENS* LA CHOPE
GÂTEAU PRIX CH
OH OUI!!!! ♥
TOI, TU SORS !!
STOP !
HA HA HA HA HA HA!
* ENVIRON DEUX EUROS.
TALALALAAAAA LA LAAA LAAA
EH, C'EST MA CHANSON !
JE JOUE LES INDIFFÉRENTES MAIS ...
Tiens, le micro !
Thank you, dear !
STAP

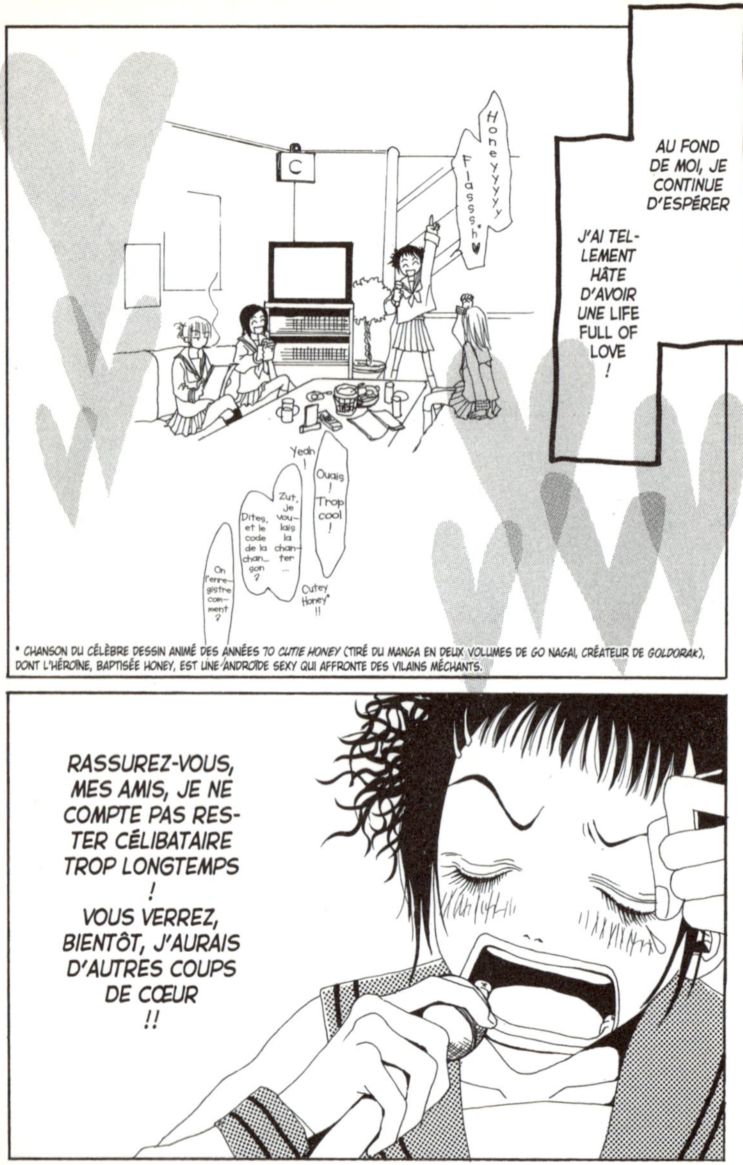

* CHANSON DU CÉLÈBRE DESSIN ANIMÉ DES ANNÉES 70 *CUTIE HONEY* (TIRÉ DU MANGA EN DEUX VOLUMES DE GO NAGAI, CRÉATEUR DE *GOLDORAK*), DONT L'HÉROÏNE, BAPTISÉE HONEY, EST UNE ANDROÏDE SEXY QUI AFFRONTE DES VILAINS MÉCHANTS.

Courrier des lecteurs : êtes-vous COMME ELLES ?

Chères lectrices, chers lecteurs,

Pour ce sixième volume de *Comme elles*, nous continuons de publier vos lettres dans cette nouvelle rubrique.
Continuez donc à nous envoyer vos témoignages sur ce qui vous touche par rapport à ce manga, ce qui vous a ému, sur vos liens avec les personnages de *Comme elles*, ou tout simplement sur des expériences plus personnelles…

Faites-nous parvenir vos lettres à l'adresse suivante, en précisant vos nom et âge :
Éditions Delcourt
Courrier des lecteurs : êtes-vous comme elles ?
54 rue d'Hauteville
75010 Paris

Ou par mail à :
comme.elles@akata.fr

Les lettres les plus touchantes seront publiées dans les prochains volumes. Alors à vos stylos !

L'équipe manga

"Mon histoire :

Voilà, j'ai vécu une histoire peut-être assez banale, je ne sais pas vraiment… et je continue de la vivre aujourd'hui.
J'ai rencontré un homme, oui un homme, il a douze ans de plus que moi, qui ai seize ans (je vous laisse faire le calcul) et il me plaît vraiment. Seulement, à l'époque, je le voyais juste comme quelqu'un qui m'apporterait de l'expérience, quelqu'un qui m'attirait physiquement. Ou du moins, je ne pensais pas du tout que je pouvais en tomber amoureuse. On se voyait assez souvent, pour des relations plutôt « corporelles » et je savais qu'il voyait d'autres femmes (je l'avais déviné… et il n'a jamais nié). Seulement, au fur et à mesure, j'en suis tombée amoureuse. Cela n'a pas duré longtemps (à peine deux mois). Ensuite, il est parti à l'étranger, et je n'ai jamais voulu lui avouer mes sentiments par peur de le perdre, mais le jour de son départ, je me suis dit que si je ne lui disais pas maintenant, je le regretterais !! Alors je lui ai dit… par S.M.S. Hélas, je n'ai pas eu l'occasion de le lui dire en face… Il m'a répondu qu'il n'a jamais voulu me faire souffrir et qu'il regrette si jamais il m'a fait du mal. J'étais tout de même heureuse d'avoir pu avouer ! Pendant qu'il était encore là, je l'aimais vraiment. Malgré ça, je n'ai jamais rien exigé : je préférais fermer les yeux (encore par peur de le perdre). J'avais besoin de lui (et j'en ai toujours besoin). Pour moi, le fait qu'il soit avec moi me suffisait, même si je n'étais pas seule à profiter de sa gentillesse et de toutes les autres qualités qu'il possède. Aujourd'hui encore, je peux affirmer que je l'aime ! D'ailleurs, moi qui pensais que je ne le reverrai plus, je suis contente d'apprendre qu'il reviendra dans un mois. Alors l'aventure continue. Qui sait où me mènera cette histoire, je ne veux pas me poser de questions pour le moment.

Je vous fais plein de bisous !!! Votre manga est génial !!! J'ai pris beaucoup de plaisir à le lire (et REREREREire). Continuez ainsi pour le plaisir de tous les lecteurs !!!

Sayonara !"

Youna

"Bonjour Akata,

Merci pour cette petite tribune que vous laissez aux lecteurs et lectrices de *Comme elles*... J'aime beaucoup ce manga, parce que comparé aux *shôjo* « classiques », celui-ci nous montre que les relations amoureuses sont partout les mêmes. Japon ou France, les filles croient toutes au prince charmant ! Mais ce qui change, c'est que *Comme elles* nous ramène à la réalité : en vrai, personne n'est parfait, et l'histoire ne se passe pas toujours aussi bien que dans les contes de fées. En fait, c'est un manga qui montre les humains en tant qu'humains et pas en tant que héros.
Personnellement, je vis une histoire avec un mec qui ne m'aime pas. Il préfèrerait sortir avec d'autres filles, mais il n'a que moi qui accepte, alors il « passe du temps avec moi »... Moi, je l'aime et je me contente de cette situation, c'est ce qui me rend assez proche de Kazumi. Pour me consoler, je n'ai que mon optimisme (« demain ça ira mieux ! »). J'en avais marre de lire des mangas où les filles ont toutes dix mecs qui se battent pour elles et où à la fin, elles trouvent l'homme parfait pour vivre une vie heureuse et avoir plein d'enfants, et bla bla bla. Franchement, *Comme elles* m'a rassurée : non je ne suis pas seule dans mon cas, oui c'est la vie, et puisque ça ne s'améliorera pas avant longtemps, autant profiter de l'instant présent !
J'espère que la suite de *Comme elles* sera à la hauteur de ses débuts. En attendant, je continue de lire les mangas Akata, comme ça je pense moins à toutes les questions que je me pose sur ma vie et comment la conduire, et je garde tout simplement confiance en moi. Après tout, on est maître de son destin, non ?

Si cette lettre est publiée, j'espère qu'elle redonnera courage à d'autres filles dans mon cas.
Enfin, je remercie Akata pour avoir publié *Comme elles* en France, et bien sûr Sakura Fujisue pour avoir imaginé une histoire si proche de la réalité.

Bonne continuation à tous !"

Cécile (20 ans)

Il était une fois
la Cendrillon
des temps modernes...
LOLLIPOP
RICACO IKETANI
LOLLIPOP
RICACO IKETANI
ÉDITIONS DELCOURT
Le nouveau joyau de *Cookie**
DISPONIBLE LE 13 NOVEMBRE
*magazine de prépublication édité par Shueisha
TRAIT POUR TRAIT BITO LOLLIPOP © 2006 by Ricaco Iketani / SHUEISHA Inc.
DELCOURT
WWW.EDITIONS-DELCOURT.FR
AKATA
akata.fr

CATALOGUE MANGA

AKATA

CHEZ LE MÊME ÉDITEUR

DELCOURT

SHIBUYA LOVE HOTEL

Au cœur de Shibuya, célèbre arrondissement de Tokyo bouillonnant de vie, se trouve le quartier de Maruyama-cho, où s'alignent sans complexe les *love hotels*, ces établissements spécialement conçus pour accueillir les couples d'amoureux.
Quatre jeunes filles vont venir se perdre à Shibuya, les unes espérant rencontrer l'amour, les autres panser leurs blessures... À travers le prisme de sentiments amoureux, Mari Okazaki porte sur le Japon contemporain un regard juste et original, et dépeint sa jeunesse, tiraillée entre idéal et réalité, avec élégance et tendresse.

***Shibuya Love Hotel* de Mari Okazaki**
Série en cours ; 224 pages n&b.

Maki est une lycéenne dotée d'un grand talent pour la photo. Fascinée par le bruit du déclencheur, elle ne se lasse pas de prendre des clichés de Yumi, sa copine toujours à la recherche du prince charmant. Un jour, le chemin de Maki croise celui d'un photographe professionnel qui remarque immédiatement son potentiel. Il va savoir la convaincre de participer à un concours, mais cette attention n'est pas dénuée d'intérêt. Quelle idée peut-il avoir derrière la tête ? Quelles expériences attendent Yumi et Maki, ces deux jeunes filles à peine sorties de l'adolescence ?

Déclic amoureux de Mari Okazaki
One-shot ; 192 pages n&b.

Nénohi, une jeune lycéenne au comportement libéré, n'hésite pas à coucher avec un garçon dès leur première rencontre ! Alors qu'elle rentre d'une soirée arrosée, elle rencontre un jeune boxeur et pour Nénohi, c'est le coup de foudre... Mais elle va se découvrir une rivale impalpable et exigeante : la boxe. Car lui n'a qu'un seul objectif : devenir champion du monde. De plus, s'il s'entraîne comme un fou, c'est aussi pour s'affranchir d'un passé douloureux. Alors, amour et boxe peuvent-ils être compatibles ? Qui du sport ou de l'amour sortira vainqueur de ce combat acharné ? BX est un manga qui traite des réalités contemporaines avec le même esprit que Nana.

_BX_ de Mari Okazaki
One-shot ; 224 pages n&b.

LE COCON

Dans ce recueil de six nouvelles, Mari Okazaki dresse une galerie de personnages féminins dévorés par la passion amoureuse qu'elles vouent à des personnes absentes. Dans *Le Cocon*, Shiori est une jeune femme qui n'arrive plus à sortir de son studio. Par paresse ou par dépression, elle se replie sur elle-même dans cet univers rassurant. Mais un jour, une inconnue, petite amie de l'ancien locataire, débarque dans le studio dont elle possède encore la clef…
Un ouvrage tout en émotion qui aborde le thème de l'amour avec beaucoup de fraîcheur.

***Le Cocon* de Mari Okazaki**
One-shot ; 192 pages n&b.

12 MOIS

Mari Okazaki observe à travers cette œuvre, le jeu des sentiments amoureux entre garçons et filles qui font l'apprentissage de l'amour. Tosachi, Dorimi et Mérino sont amies. Au début du printemps, un garçon nommé Shû arrive dans leur école. Tosachi sent naître tout au long de l'été des sentiments amoureux pour celui-ci. Mais, au cours d'une partie de cache-cache, le beau Shû embrasse Dorimi. Tosachi découvre alors ce qu'est la jalousie. À l'automne, le couple d'amoureux rencontre des difficultés. Tosachi y voit une occasion de défaire leurs liens.

12 mois de Mari Okazaki

Série complète en 2 volumes ; 192 à 224 pages n&b.

Ery Ogawa est une lycéenne comme les autres, du moins en apparence. La jeune fille dissimule en effet son passé d'enfant prodige du patinage artistique. Sa passion, depuis longtemps éteinte, renaît lorsqu'elle surprend dans un parc un homme mystérieux en pleine démonstration sportive. Intriguée, Ery le suit jusqu'au club de patinage où il exerce son métier d'entraîneur. Motivée par le charme du très secret M. Kobayashi, Ery décide de se remettre au patinage.

Effleurer le ciel de Mari Okazaki
One-shot ; 224 pages n&b.

NANA

Nana. Un même prénom pour deux jeunes filles aux caractères si différents et pourtant liées par une amitié quasi fusionnelle. Leur vie en colocation touche à sa fin et chacune semble prendre un chemin qui l'éloigne de l'autre... Nana Ôsaki part habiter avec Ren, son premier amour. Elle met toute son énergie dans son groupe Blast dont les débuts professionnels tardent. Quant à Nana Komatsu, elle tombe enceinte de Takumi, ce qui n'était pas prévu. Mais est-ce que chacune suit vraiment les voies qui mèneront au bonheur ?

Nana **d'Ai Yazawa**

Série en cours ; 192 à 288 pages n&b et couleur.
3 coffrets disponibles.

Image extraite du volume 9, page 159

JE NE SUIS PAS UN ANGE

C'est la rentrée au lycée Hijiri. Midori Saejima, que ses camarades ont affectueusement surnommé "l'ange Saejima", a été inscrite d'office à l'élection du comité des élèves par ses amis. Mais le jour où elle doit prononcer son discours de campagne, elle trébuche et s'étale sur la scène, dévoilant sa petite culotte à toute l'assemblée. Heureusement, Akira, le garcon dont elle est secrètement amoureuse, détourne l'attention avec des blagues et la sauve d'une humiliation certaine. Bien décidée à retourner cette triste histoire à son avantage, Midori décide de faire campagne en affichant dans l'école un dessin humoristique : "l'ange Saejima en petite culotte" !

***Je ne suis pas un ange* d'Ai Yazawa**
Série complète en 4 volumes ; 432 pages n&b et couleur.

GOKINJO

Mikako et Tsutomu sont amis d'enfance, ils habitent le même immeuble, fréquentent le même lycée d'art : l'Académie Yazawa. Mikako rêve d'ouvrir sa propre chaîne de boutiques de vêtements ! Quand, un soir, Tsutomu rentre chez lui accompagné par une fille, le cœur de Mikako vacille... Quel est ce sentiment qu'elle ressent ? Malgré les sous-entendus de sa copine Risa, Mikako ne comprend pas. Voici une histoire touchante et drôle qui décrit les relations troublantes qui existent parfois entre des adolescents, quand amour et amitié se confondent.

Gokinjo, une vie de quartier **d'Ai Yazawa**

Série complète en 7 volumes ; 192 à 224 pages n&b.

LAST QUARTER

Mizuki, lycéenne, tombe sous le charme d'Adam, un étrange musicien anglais, et décide de tout quitter pour le suivre. Malheureusement, la nuit de leur fuite, elle est victime d'un accident de voiture. Le même soir, la petite Hotaru est hospitalisée après avoir été renversée elle aussi. Les deux filles se rencontrent en rêve... puis dans la réalité. Mais Hotaru est bel et bien guérie et sortie de l'hôpital, alors que Mizuki a complètement perdu la mémoire (elle ne se souvient que d'Adam) et est enfermée dans la maison où elle a vécu une semaine avec Adam, sans pouvoir en sortir. Commence alors pour Hotaru et ses camarades d'école une grande enquête...

Last Quarter **d'Ai Yazawa**

Série complète en 3 volumes; 192 pages n&b.
1 coffret disponible.

LOVELY COMPLEX

Un style résolument branché, des personnages hauts en couleur, un parfait dosage de sentiments et d'humour : *Lovely Complex* a tout pour devenir le prochain *shôjo* incontournable ! Risa, une grande perche, et Atsushi, haut comme trois pommes, sont les comiques involontaires du lycée à cause de leurs disputes légendaires. Tous deux complexés par leur taille, ils ont peur de ne jamais trouver l'amour… Et en font forcément des tonnes pour faire oublier leur mal-être ! Amour, rires et complexes : voilà le point de départ du *shôjo* le plus enthousiasmant du moment !

***Lovely Complex* d'Aya Nakahara**
Série en cours ; 192 pages n&b.

SING "YESTERDAY" FOR ME

Le décor est celui d'une petite supérette ouverte jour et nuit, à Tokyo. C'est là que travaille Rikuo Uozumi, un jeune homme tout juste sorti de l'université. Sans grande ambition, il n'a rien trouvé, ou plutôt rien cherché à faire de mieux depuis qu'il a arrêté ses études. Le retour d'un ancien amour d'étudiant et l'arrivée tonitruante d'une jeune fille excentrique parviendront-ils à le faire sortir de sa léthargie ? Dans ce petit théâtre de quartier, c'est l'éternelle comédie des sentiments qui se joue...

***Sing "Yesterday" for me* de Kei Toume**
Série en cours ; 224 à 256 pages n&b.

GIRLFRIEND

Takahisa, jeune lycéen timoré, sort avec Morikawa, aussi sexy qu'intimidante pour les autres garçons. Mais la jeune fille aime-t-elle vraiment son camarade, ou s'en est-elle servi uniquement pour perdre une virginité devenue embarrassante à ses yeux ? Lors de la découverte des sentiments, les cœurs et les corps s'embrasent… Une suite de nouvelles sentimentales pour autant de voies d'exploration des rapports amoureux naissants entre jeunes adolescents. Mais sexe et gentilles manipulations ne créent pas les vrais sentiments, comme le constateront à leurs dépens les protagonistes de ces histoires d'amour discutables. Discutables, mais jamais remises en question, car la faiblesse est reine de tous les vices !

***Girlfriend* de Masaya Hokazono**

Série en complète 5 volumes ; 230 pages couleur et n&b.